なんちゃってシンデレラ　王宮陰謀編

なんちゃってシンデレラ、はじめました。

Hina Shiomura
汐邑雛

B's-LOG BUNKO
ビーズログ文庫

イラスト／武村ゆみこ

Contents

なんちゃってシンデレラ、はじめました。
登場人物紹介
ナディル
・エセルバート＝ディア
＝ディール＝ヴェラ＝ダーディエ
ダーディニア国王太子で27歳。
アルティリエの夫。優しげな風貌を
しているが冷淡。携帯糧食が主食。
アルティリエ
・ルティアーヌ＝ディア＝ディス
＝エルゼヴェルト＝ダーディエ
元パティシエ・和泉麻耶（33歳）の
転生した姿。現在12歳で王太子妃。
夫の餌付けに奮闘中。

フィル＝リン
ナディルの執政官で乳兄弟。
やたら本名が長い。
リリア
アルティリエの侍女。
シオン
ナディルの同母弟。現在は
ギッティス大司教の位にある。
グラディス四世
国王陛下。
異母妹エフィニア王女の代わりに、
姪のアルティリエを溺愛。
ユーリア
第一王妃殿下。
すでに滅んだ
小国の出身。

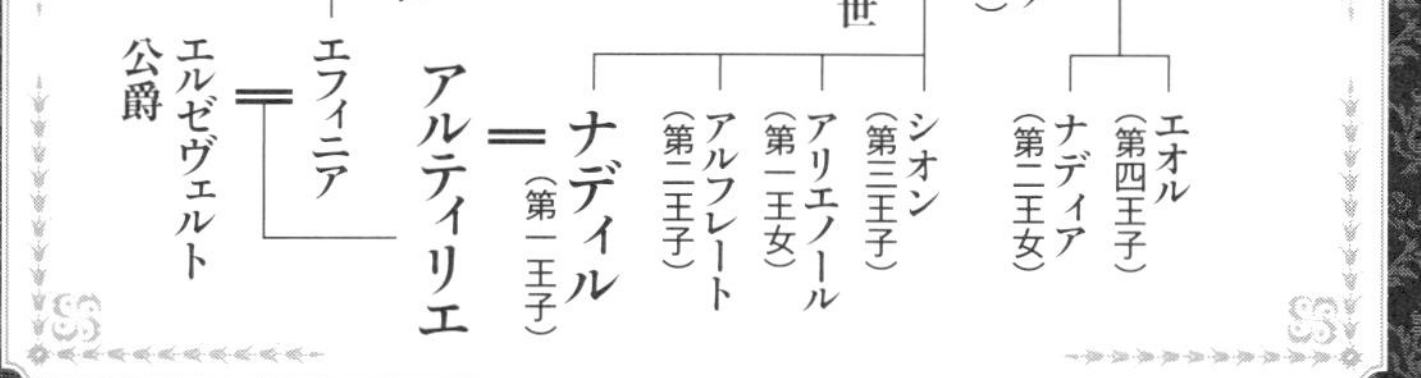
アルジェナ（第二王妃）
グラディス四世（国王陛下）
ユーリア（第一王妃）
ミレーユ
ラグラス二世
エレアノール
＝婚姻関係
エオル（第四王子）
ナディア（第二王女）
シオン（第三王子）
アリエノール（第一王女）
アルフレート（第二王子）
ナディル（第一王子）
アルティリエ
エフィニア
エルゼヴェルト公爵

…幕間… 王太子と義弟

吐《は》き出《だ》した息が、一瞬《いっしゅん》だけ視界を白く染める。

ナディルは寒さにそれほど弱くはないが、それでも氷月《こおりづき》の夜ともなればこの気温の低さは身に凍《し》みる。

（早々に決着をつけたいものだ）

己《おのれ》が出陣することが一番だと判断したものの、好き好んで戦場に行くわけではない。どちらかといえばナディルは己が文官《ぶんかん》向きであると思っている。元々は内向的で、本が何よりも好きな本の虫だった。武人としての名声は高くとも、それは己の本質とは異なる。

「……殿下《でんか》」

「……どうした？」

控《ひか》えめに呼びかけられた声に振り返ることなく、空を見上げながら応じた。

見上げた夜空には二つの月。どちらも細い弓月《ゆみづき》は、新月が近いことを示している。

（都合がよい）

夜の闇《やみ》はあらゆるものを隠《かく》してくれる。光の中では容易《ようい》に暴《あば》かれてしまうだろう詐術《さじゅつ》も、夜の中でなら見分けることすら難しい。

「そろそろお休みください。お体に障《さわ》ります」

義理の弟……妹の夫であるディハ伯爵《はくしゃく》クロード・エウスが、膝《ひざ》をついて控える。北家《ほっけ》には珍しい漆黒《しっこく》の髪《かみ》に藍《あい》の瞳《ひとみ》……屈強《くっきょう》な身体《からだ》つきは、いかにも武人らしい。

「……ああ」

年はナディルと同じ二十七歳。妹のアリエノールとは五歳違いの似合いの夫婦《ふうふ》だ。

「殿下、生返事は困ります」

「わかっている」

「戦場では御心安んじてお眠りになれないというのなら、私が歩哨《ほしょう》に立ちましょう」

「断る」

ナディルはきっぱりと答える。この男に「遠慮《えんりょ》する」などという曖昧《あいまい》に解釈《かいしゃく》できる受け答えをしてはならない。そんなことを言おうものなら、義理の兄弟《きょうだい》の仲で遠慮など必要ありませぬ、とか何とか言われていろいろと面倒《めんどう》くさいことになる。

現北公《ほっこう》の嫡孫《ちゃくそん》ながら、上に二人も兄がいたために本来ならば後継者《こうけいしゃ》ではなかった彼は、ナディルが近衛師団《このえしだん》を率いていた時の副官だ。

兄達が立て続けに不祥事《ふしょうじ》をおこして廃嫡《はいちゃく》されたために、北公の世継《よつ》ぎである父の後を継ぐ立場となった。ナディルとはそれなりにつきあいも長く、気心もしれている。

「……何を案じているんです？」

かつての副官の顔で、クロードが尋《たず》ねた。

行軍中は、睡眠《すいみん》がとても重要だ。体を休め、いつ何がおきても対応できる体力を蓄《たくわ》えておかなければならないことは、誰《だれ》よりもナディルが一番わかっていることだ。

昔、枕《まくら》が変わっただけで眠れなかった繊細《せんさい》な子供は、いまやどんな場所でも三分あれば眠りにつける。とはいえ、わずかでも異変があればすぐに目覚めるのが習《なら》い性《しょう》だ。

「……別に何もない。いや、あるといえばあるのか……」

「どっちなんです？」

「案じているというよりは、気になっただけだ」

「……戦《いくさ》のことではないですよね？」

「そうだな。……戦については、今のところ打てる手はすべて打った。あとはあちら次第《しだい》だろう」

「……では、フィル＝リンが心配で？」

執政官《しっせいかん》でありながら戦にも同行することの多いナディルの腹心の名をあげる。元々は武官志望だったフィル＝リンだ。ナディルよりよほど軍人としての適性がある。

「なぜ、私があれの心配を？」

ナディルは思わず真顔で問うた。

「いえ、フィル＝リンがおそばを離れることが珍しいと思ったので」

「今回はもともと従軍しない予定だった。それに、あれには別の仕事がある」

「別の仕事ですか？」

「ああ。……あれは妃《きさき》の家令《かれい》見習いとなったのだ」

「カレイミナライ？」

「そうだ。……妃の宮には家令がいないからな」

やっとクロードは、カレイが家令だと合点《がてん》がいった顔をした。

「……なぜ執政官が家令の見習いなどに？」

「あれの立候補だ」

クロードは不思議そうな表情で首を傾《かし》げたが、いちいち説明をしてやるつもりはなかった。

（……あの子は、もう眠ったのだろうか？）

フィル＝リンからごく自然に連想し、己のただ一人の妃に思いを馳《は》せる。

アルティリエ・ルティアーヌ＝ディア＝ディス＝エルゼヴェルト＝ダーディエ――――十五歳年の離れた彼の『妃』。

光がこぼれるかのような黄金の髪とエルゼヴェルトの奇跡《きせき》の青の瞳を持つ少女は、ごく自然にナディルの日常の中に入り込んだ。

（ずっと子供のように思っていたが……）

初めてアルティリエと会った時、彼女は、彼の両手に余るほどの小さな小さな赤《あか》ん坊《ぼう》だった。

（「これが、おまえの生命だ」か……）

己の生命よりも何よりも大切な存在なのだと言い聞かされた赤ん坊は、驚《おどろ》くほど整った顔立ちをしていた。

（あのころから、母親に良く似ていた……）

小さくて、ふわふわとしていて、少し甘《あま》い匂《にお》いのする温《あたた》かなもの——十五歳になっていたナディルだったが、当たり前のように手渡された赤ん坊をどうしていいかわからず、ただ硬直《こうちょく》していた。

弟妹《ていまい》がいるから赤ん坊を見たことがないわけではなかった。けれど、弟妹達の同じころと比べてアルティリエはあまりにも小さく、頼《たよ》りなかった。

（当然のことだが、妃だと言われても、まったくそうは思えなかった……）

政略結婚に年の差があることなどめずらしくも何ともなく、ましてや王族に結婚の自由などない。

アルティリエは知らないだろうが、彼女は生まれる前からナディルの妃となることが決まっていた。

（……ああ、違うな。私が彼女の夫となることが決まっていたんだ）

彼女を守るためにふさわしいと選ばれたのがナディルだった。

（だから、十五歳差で生まれたのは僥倖《ぎょうこう》だったと言える）

降嫁《こうか》した王女の産むであろうエルゼヴェルトの姫を守護する者として選ばれたがゆえに、ナディルにはいずれ、王太子となり王となるであろう地位が、祖父王によって与《あた》えられた。

もし、アルティリエが生まれなかったら、ナディルは廃嫡《はいちゃく》されることになっていたし、廃嫡されるならマシなほうで、禍根《かこん》を残さないためにと命を奪《うば》われる可能性すらあった。

（婚姻《こんいん》に対して、希望も期待も何もなかった）

義務だと思っていたのだ。そのために彼は王太子の第一王子の地位につけられたのだから。

けれども、まさか一歳になる前の赤ん坊と結婚することになるとは思っていなかった。

（結婚するにしても、あと十年以上先だと思っていたからな）

真っ白なレースの布に包《くる》まれた赤ん坊を抱き、ギッティス大聖堂での結婚式に臨《のぞ》んだ。

あの時の記憶《きおく》はあまりない。ただただ、式の間中ずっと、起きないでくれ、泣かないでくれとひたすら念じていた。

（抱きながら、あの子を潰《つぶ》さないだろうかと随分《ずいぶん》と緊張《きんちょう》したものだった）

今のアルティリエはあのころと比べれば随分としっかりとしている気がするが、それでも華奢《きやしや》で細くて小さいから、抱き上げるたびにいつも不安を覚える。それでも毎回抱き上げるのは、己の腕の中に抱いていれば少しは安心できるからだ。

（矛盾《むじゆん》した、非論理的な思考だな……）

アルティリエが絡《から》むと、どうもナディルはすっきりとした思考ができない。

誰もが褒《ほ》めたたえてくれるはずの頭脳も、彼女の前ではまったく役に立たないのだ。

（あの墜落《ついらく》事件後からか……）

母親の葬祀《そうし》のために訪れたエルゼヴェルトでの墜落事件は、よもや生命の危機になるようなことはあるまいと高をくくっていたナディルの横面《よこつら》をぶん殴《なぐ》ってその目を覚まさせた。

（あれは事故ではなく、暗殺未遂《みすい》だ）

警護のために手を尽《つ》くしてはいた。できる限りのことをしているつもりだった。

だが、失われるかもしれなかったことを考えれば、すべて言い訳にすぎない。経過がどうであれ、ナディルはそう判断する。

なぜ、生命の危険はあるまいと思っていられたのか……あの時のことを思い出すと今でもぞっとする。

「……殿下？」

無言になってしまったナディルに、クロードが呼びかける。

「……不思議だな」

ナディルは静かなつぶやきを漏《も》らす。

先ほどまではそこここでさざめいていた兵士達の声もだいぶ静かになっていた。不寝番《ふしんばん》の者をのぞいて、休んでいる者が多いのだろう。

「何がですか？」

「時の流れというものは、思いもよらない未来をもたらす。……私は、おまえが副官だったあの頃、今のような未来があるなどと考えもしなかった」

友好国であったエサルカルと戦になることも、帝国《ていこく》やイシュトラを同時に相手取るようなことも……そして、こんな風に遠く離れた場所で幼い妃を想う己がいることも、想像すらしたことがなかった。

「それを言うなら、私も同じです。……あなたの副官ではなくなることなど、考えたこともなかった」

ダーディニアの国法では、爵位《しゃくい》や領地の分割《ぶんかつ》相続は認められていない。ゆえに男児は、嫡子《ちゃくし》以外は己の才覚で生きていくことを求められる。三男であるというだけでなく、実父と折り合いの悪かったクロードは、家に戻るつもりなどさらさらなく、だからこそ家の影響の強い北方師団《ほっぽうしだん》ではなく中央に籍《せき》を置いた。推薦《すいせん》を受けて近衛に進み、ナディルの副官となったのは、十八歳の時だ。

「それに、おまえが義弟《おとうと》になるとは思っていなかった」

ナディルは小さく笑う。

「私もあなたの妹姫と婚姻を結ぶとは思ってもいなかった……さらに言うなら、妻となった姫君からあなたへの愚痴《ぐち》を聞かされる日が来るとは夢にも思いませんでした」

共に近くて遠い過去を想う。胸にこみあげる何かが懐《なつ》かしさなのか、あるいは寂《さび》しさなのか、それともほかの何かなのかは、ナディルには判別がつかない。

「……妃殿下《ひでんか》のご容体はその後いかがですか？」

「ルティア？」

「はい」

クロードは軽く目を見開いて、続ける。

「何でもエルゼヴェルトで事故に遭《あ》って、記憶を失《な》くしたとか……」

ほぼ毎朝のように元気なアルティリエと食事を共にしていたナディルは、一瞬なにを聞かれているのかまったくわからなかった。が、事故後のことをほとんど知らないクロードにしてみれば、かねてからの懸念《けねん》の一つであったのだろう。熱心に問うてくる。

（アリエノールに聞いてこいと言われたのだろうが……）

「……ああ。幸いなことに怪我《けが》らしい怪我はほとんどない。ただ、記憶は戻っていない」

「戻る気配は？」

「今のところみられない。……だが、薄情《はくじょう》なようだが、私は記憶を失う前のルティアをあまり覚えていないのでさほど不自由を感じていない」

むしろ、今のアルティリエと過ごすことに慣らされてきている己がいる。

「……うまくいってらっしゃるのですね」

ナディルの口調から何を感じ取ったのか、クロードが安心したように笑った。

「……そうだな」

もとより、アルティリエを守るために選ばれた己であるが、今はもうその義務感だけではないものが、胸の内には宿っている。

「失礼します」

クロードの副官であるヴェスタ子爵《ししゃく》が、湯気を立てる金属のカップをもってやってきた。

クロードは、それをかつてのように二つともとり、一方の毒見をしてナディルに渡す。

「どうぞ、殿下」

「ああ」

「夜食にどうですか？」

ヴェスタ子爵が差し出したのは焼き菓子《やがし》だった。アルティリエが作るものとはまったく違う。固焼きビスケットの生地《きじ》に干したブドウや木の実が入っているだけのもので、味よりも日保《ひも》ちを優先した保存食だ。が、栄養摂取《せっしゅ》という観点からすれば特に問題はない。

口に運んだ菓子をシャクシャクと咀嚼《そしゃく》しながら、ぼそぼそとするナッツ類の味に軽く眉《まゆ》を顰《ひそ》める。

（アルティリエであれば同じ材料で、もっと旨《うま》いものが作れるだろうに）

そんな風に考えること自体、すっかりとアルティリエに慣らされているということなのだろうが、それが不快ではない。

（なぜ、私はルティアだけは大丈夫《だいじょうぶ》なのだろう）

これまで、ナディルの日常に入り込もうとした人間は数多くいた。

けれどナディルが許せたのは、アルティリエだけだ。

（それは別に彼女が私の妃だから、というわけではない）

妃であるのは事実だ。だが、その事実以前に、アルティリエがアルティリエであるからなのだと思う。

知らぬ間にナディルの予定の大方を把握《はあく》し、どういうわけかナディルの宮の使用人達をも把握し……もしかしたら手なずけてさえいる……そして、いつの間にかナディルの傍《かたわ》らにしっかりと己の場所を確保している。

それが不快ではないばかりか、心地《ここち》よいとすら思うのだ。

「……殿下」

「何だ？」

「……随分と変わられましたね」

「何がだ？」

軽く目を見開き、小さな笑《え》みを浮《う》かべているクロードの表情に、ナディルは首を傾げる。

「以前の殿下なら、これに不満を覚えることなどなかったでしょうに」

これ、とつまみあげた焼き菓子に、ナディルはああと小さくうなづく。不満を口にしたわけではなかったが、クロードならばそれくらいのことは気付くだろう。

「……妃……いや、ルティアが、こういった菓子を作るのがとても上手《うま》くてな……いつの間にか口が奢《おご》ってしまったようだ」

「違いますよ、それ」

「何がだ？」

「もともとさほど旨いと感じていたわけではないのですよ。ただそれを、不満に思っていなかっただけで」

「……意味がわからないが」

「殿下は旨い不味《まず》いをわかってはいましたが、それを何とも思っていなかっただけです。でも、今は不満に思っていらっしゃる……その事実が、私には大変喜ばしく思えます」

目の前の男が上機嫌《じょうきげん》に笑う。それなりに気心がしれていると感じていた元副官が、よくわからない生き物のように見えた。

「殿下は、妃殿下に好意をもっていらっしゃる」

「……当然だろう」

何を言い出したのかさっぱりわからなかったが、うなづいてみせる。

「当然、ですか……」

「あれは私の唯一《ゆいいつ》の妃だぞ？」

ナディルに許された唯一。たった一つだけ許された己のものだと強く強く思う。

「もし、妃殿下が殿下の妃でなかったらどうなさいますか？」

「……クロード、ルティアは、生まれる前から私の妃だった」

「存じております。ですから、たとえ話です」

その面白《おもしろ》がっている表情に、ナディルはいささか面白くない感情を覚えた。

「……たとえも何も、あれが私の妃でないことなど、想像もつかぬ」

くつくつと押し殺した笑いがこぼれる。

「クロード？」

「いや、失礼。……もうし……わけありません……」

口では謝罪しながらも、クロードは笑うのをやめない。

身分の壁《かべ》というものがありながらも、フィル＝リンとは違った意味と形で絆《きずな》を結んだこの元副官は、建前《たてまえ》としての礼儀《れいぎ》は崩《くず》さないながらもわりと遠慮がない。

「……アリエノールにいい土産話《みやげばなし》ができました」

静かな夜に、押し殺した笑い声は尚《なお》も響《ひび》く。何がツボに入ったのかは知らないが、こうなってしまうとクロードは止まらない。

(……今頃は、もう夢の中だろう)

ナディルは、きっとぐっすりと眠っているだろうアルティリエが良い夢を見ていればよいと思いながら、明日からの道程に思いを馳せた。

第十章　急変

いつもならとっくに眠っている時間なのに起きていたのは、漠然《ばくぜん》とした不安を覚えていたからだ。

（まだ、帰ってこない）

どんなに遅くても、リリアは戻った時に必ず一度は私の元に顔を出す。これは、私が眠っていてもだ。

以前、半覚醒《はんかくせい》の状態で夜中にリリアが来た気配があったから、翌朝本人に聞いたら、私の無事を自分の目で確認してからでないと自室に下がれないと言っていた。

だから、まだ戻っていないのは確実だった。

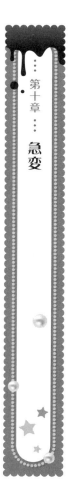

一人諜報部員《ちょうほうぶいん》みたいなリリアだからして、私の知らないところでいろいろと暗躍《あんやく》しているのは知っている。様子をうかがってくるとも言っていたから、遅くなるのは承知の上だったし、場合によっては今夜中に顔を出すことはないかもしれないとも思っていた。

だから、アリス達が遅いと言い出したときにはにこやかな微笑《ほほえ》みを浮《う》かべて、リリアには大事な用事を頼《たの》んだから今日中には戻れないかもしれないとフォローもした。

リリアなら大丈夫《だいじょうぶ》と思いながらも、今夜に限ってどうしてか不安がうち消せない。

（きっと、リリアが行ったのが王妃殿下《おうひでんか》のところだから……）

だから、こんなにも不安なのだろう。

ベッドの中で何度も寝返《ねがえ》りをうって、何とか眠りにつく努力をしながらも、まったく眠れなかった。

だから、皆《みな》が努めて守ってくれていた静寂《せいじゃく》が、ガラスの割れる音に壊《こわ》されたその瞬間《しゅんかん》、反射的にベッドから飛び降り、ガウンを羽織《はお》って音のした居間の方に走り出した。はしたないかなと思ったけど、これは非常事態だからと自分に言い訳する。

居間に駆《か》け込《こ》むと、既《すで》に何名かの騎士《きし》達が駆《か》けつけていた。

（さすがだ……）

エルゼヴェルトで私の身を危険にさらしたことを教訓としているためか、彼らの行動はとても迅速《じんそく》だ。

「……妃殿下」

入り口に立つ私にすぐに気付いて、レイエス卿《きょう》が膝《ひざ》をつく。

「何があったのですか？」

「何者かが建築資材の石塊《いしころ》を投げ入れたようです」

「……この宮にですか？」

「はい」

だって、ここはどこよりも警備が厳重で、言葉を飾《かざ》らずに言えば常に監視《かんし》されているのに……そんなことができるんだね。

（ああ、でも罠《わな》って可能性もあるなぁ）

わざと隙《すき》を作っておくとフィル＝リンは言っていた。誘《おび》き寄《よ》せるのだと。

ここに彼がいないところをみると、もしかしたら今頃、犯人追跡中《ついせきちゅう》なのかもしれない。

私の寝間《ねま》に踏《ふ》み込《こ》むのは不可能でも、夜に使っていない居間に石を投げ入れるだけなら、特別な力がなくてもできる。こちらの世界には防弾《ぼうだん》ガラスとか強化ガラスとかそういうのはないから、ちょっと硬《かた》いものを力いっぱい投げればガラスなんて簡単に割れるし、力もそれほどいらない。

庭にちょっとした死角はいっぱいあるし、警備《けいび》の目をくらますこともきっと寝間近くに比べればそれほど難しくはない。

（まあ、可能性ばかりだけどね）

防犯カメラとかないし、基本、すべてを『人』に頼っている以上『絶対』はない。

だから、どれだけ警備が厳重でも絶対に『不可能』とは言えないのだ。

ちらりと視線をやれば、ガラスの破片《はへん》は室内側に飛び散っていた。外からの衝撃《しょうげき》で割れたことは確かだ。

（結構、飛び散ってる……）

もしかしたら、遠距離《えんきより》からパチンコのようなもので飛ばしたのかもしれない。

護衛の騎士達が記録をとりながら割れたガラスを片付けている。私は、そこが自分の為の居間でありながらそれ以上奥に踏み込まないように誘導《ゆうどう》された。

庭のほうが昼間のように明るくなっているのは、多くの人が動員されて庭を調べているからだろう。電気を知る私には薄暗《うすぐら》く感じられるランプや松明《たいまつ》によるあかりも、たくさん集まれば相当な光量になる。

「申し訳ございません。責任は私にあります」

今夜の警備責任者なのだろう。レイエス卿は、膝をついたまま頭を垂れた。

「いえ。殿下《でんか》が出征《しゆつせい》なさっていて、いろいろと手が足りないことでしょう。賊《ぞく》が私の元に侵入《しんにゆう》したわけではありませんから」

気にすることはありません、と私は真面目《まじめ》な顔で告《つ》げた。

「それに、いたずらかもしれませんし……」

そう口にする私にレイエス卿はわずかに苦笑《くしよう》をみせ、それから深く一礼した。

実際には、お互いそれを信じていないことは承知していた。でも、建前《たてまえ》は必要だ。あんまり真実を追究しすぎると、彼の責任問題になってしまう。こんなことくらいで責任を取らされて、降格《こうかく》ならまだしも除籍《じょせき》とかされてほしくない。

「妃殿下！」

侍女《じじょ》のお仕着せ姿のアリスがやってくる。

髪《かみ》は結《ゆ》っていないし、化粧《けしょう》もしていないが、騎士達がいることを見越《みこ》してしっかりと着替えて来たらしい。さすがだ。

「こんなところに……危ないですから、寝間にお戻りください」

いつもと同じアリスのお仕着せを見ると、何だか自分の夜着姿が恥《は》ずかしくなった。十二歳はまだ子供のうちだから周囲はそれほど気にしないだろうけど。

「……わかりました」

少しだけ考えて、私は素直《すなお》にうなづく。ここにいても不安は消えない気がしたし、私がいても何もできることはない。

ふと、壁際《かべぎわ》の小卓《しょうたく》の下に、紙くずが落ちているのが目についた。周囲をうかがうと、他にそれに気付いている人間はいないようだ。

アリスがレイエス卿となにやら打ち合わせしている隙に、私はこっそりとそれを拾う。

ただの書き損じをくしゃっと丸めただけに見えるけれど、拾い上げたそれには紙だけではない重みがあった。中に何かが包まれているとわかった瞬間に、ドクンと心臓が一つ大きな鼓動《こどう》をうつ。

夜着の袖《そで》の中でそれをぎゅっと握り締める……私の小さな手でも握り締められるくらい小さなモノの硬い感触《かんしょく》がした。

「先に、戻っていますね」

早口で告げると、私は小走りで廊下《ろうか》を抜《ぬ》け、寝間に戻る。

そして即座《そくざ》に扉《とびら》を後ろ手で閉めて、扉をふさぐようによりかかった。

目を瞑《つぶ》る。……何かの予感があった。

カサリとした紙の感触。包まれた硬い何か――そっとそれを開いた。

「嘘《うそ》……」

その中には、鈍《にぶ》く光るつや消しの金……カフリンクスが一つあった。

見たことのあるデザインの……青い瑠璃石《るりいし》をあしらったそれは、リリアのものだ。

すぐにわかった。同じデザインのものを、アリスだってミレディだって持っている。

けれど、これは間違いなくリリアのものなのだ。

リリアのそれは、かつてシオン猊下《げいか》がリリアに贈《おく》ったイヤリングを作り直したもので、瑠璃石の質が他の子達のものとはまったく違う。

（リリア……）

イヤな感じがしていたのは、こんな瞬間を予感していたせいかもしれない。

（落ち着け……まだ、最悪の事態じゃない）

これは、メッセージであって、リリアに何かあった証拠《しょうこ》ではない。

（いやいやいや、帰ってこないんだから何かはあったんだ）

自分でつっこみを入れる……私も、相当混乱してるんだと思う。

気分を落ち着かせる為に、もう一度、大きく深呼吸をした。

（どうする……）

リリアが何者かにカフリンクスを奪《うば》われた……それは、囚《とら》われたと言《い》い換《か》えてもかまわないだろう。リリアはこのカフリンクスを特別大事にしている。自分から誰かに渡すはずがない。

だから、リリアを捕《と》らえた者はこれを私へと届けた。

（いったい、誰が？）

手がかりはどう考えても王妃殿下だ。

けれど、私が王妃殿下のところを訪《おとず》れて、「リリアが帰らないんですけど、知りませんか？」なんて聞いたら大騒ぎどころじゃ済まない。

（……イヤだな……）

これは、脅《おど》しなんだと思う。

さっさと私を呼び出したりしないあたりに、犯人の底意地の悪さ……獲物《えもの》を嬲《なぶ》るような

性質が透《す》けて見えるような気がした。

カフリンクスを包んでいた紙を丁寧《ていねい》に広げる。そこに文字はない。薄《うす》く罫《けい》が漉《す》きこまれているこの紙は、王宮の公用箋《こうようせん》だ。右上には紋章《もんしょう》が漉きこまれていて、このクリーム色の地のものは王宮の本宮の部屋に備え付けのもの。本宮の人間だったら誰だって手に入れられるので、犯人を絞《しぼ》り込む手がかりにはまったくならない。

（あ、まただ……）

わずかに鼻先をくすぐった、覚えのある香《かお》り。

でも、それはほんの少しだけ記憶《きおく》を刺激《しげき》して、霧散《むさん》する。

うまく思い出せないことがもどかしい。

（何の香りなのか……）

香水《こうすい》とか化粧品とかそういうものではなく、甘《あま》さがありながらもどこか苦味がある感じ。

もう少しでわかりそうなのに、香りの記憶は曖昧《あいまい》でとらえることができない。

（……あちらの出方を待つしかない）

くやしいかな。リリアがいない私にできることなんて、ほとんどない。

一人で出歩くことすら制限される身だし、その上、個人的に何かを頼むことのできるシユターゼン伯爵《はくしゃく》やミレディが、今は留守《るす》にしている。

思わずため息がこぼれた。

情けないというか、やるせないというか……こんな時に、ただ相手の出方を待つことしかできないなんて生殺し状態だ。

（……リリア）

生きていることはたぶん間違いない。そうでなければ、私にこれを届ける意味はない。殺したという事を知らしめたいのなら、こんな回りくどいことをする必要はない。

（必ず、助けるから……）

コンコンというノックの音に、びくりと身体が震《ふる》えた。

「妃殿下？」

入ってきたのは、湯気のたちのぼったカップをトレイにのせたジュリアだった。アリスはまだ居間から戻っていないのかもしれない。

「ブランデーミルクです、どうぞ」

いつものぴしっとしたお仕着せ姿だったけれど、少し眠そうだ。こんな時間だから無理もない。

「ありがとう」

ゆっくりと閉められたドアの隙間《すきま》から見えたのは、騎士の姿。廊下に歩哨《ほしょう》として立っているらしい。普段は私の視界に入らないよう気遣《きづか》って警護《けいご》する彼らだけれど、こんな夜はやはりそういうわけにはいかないのだろう。

ジュリアが中に来るのを待ち構えるようにして、口を開いた。

「ジュリア、お願いがあります」

私はまっすぐジュリアの目を見る。

「はい」

ジュリアはちょっと姿勢を正して私を見返した。

「朝一番でギッティス大聖堂に行くことはできますか？」

「……それは……」

（うん、無理だってわかってます。だって、仮病中《けびょうちゅう》だもん）

それに、そもそも私が王宮の外に出られるはずがない。王太子殿下がお留守なのだから
なおさらだ。

「……殿下のご無事をお祈《いの》りしたいの」

そう言えば、頭から却下《きゃっか》されることはまずない。

『王太子殿下の為に』という枕詞《まくらことば》がつくと、皆、とっても協力的になる。……これは、
私だけが使える魔法《まほう》の呪文《じゅもん》のようなものだ。

しかも何回使っても、いつ使ってもとっても効果がある万能《ばんのう》の呪文。

「そういうことでしたら、シオン猊下にこちらにいらしてもらえばいいですわ」

ジュリアはなーんだ、と言いたげな表情で笑う。

（ありがと、ジュリア）

彼女がそう言い出すことは計算の上だった。そう、まさに計算通り！

……だから、その生温《なまぬる》い笑みはよしてほしい。何かに負けたような気分になるから。

「妃殿下が外出されることは絶対に不可能ですけれど……シオン猊下は王太子殿下にお留守を頼まれたとかで、毎日こちらに様子を見にいらしてますの。そのときにお伝えすればきっとすぐに来てくださいます」

「そうなの？　知らなかった」

猊下が来ていることにまったく気付かなかった。まあ、いちいち報告があるわけではないから仕方ないけれど。

（良かった……）

それは好都合だ。できるだけ早くシオン猊下と連絡《れんらく》をとりたい。私には何もできないけれど、シオン猊下ならば打つ手があると思う。

リリアが危険ということであれば、シオン猊下は相手が誰であっても退くことはないはずだ。

「猊下ご臨席であれば大聖堂でなくとも、祈りの場所には充分《じゅうぶん》だと思います」

「……そうね」

できれば少しでも早くお会いしたい……どうすれば、今すぐここに呼び出すことができるだろう。

「猊下は、私の知らない間にこちらにお越《こ》しなの？」

「はい。猊下もお忙《いそが》しい方でございますから、こちらにいらっしゃるのはいつも夜遅くか朝早くなんです……妃殿下にお目通りする時間ではないからとおっしゃって、いつも報告だけ聞いてすぐにお帰りになられます」

「そう。……今夜はいらっしゃった？」

「いいえ」

ならば、すぐに連絡がとれる可能性があるということだ。

「どうやったらすぐにシオン猊下にお会いできるかしら……」

「今夜はもう遅いですわ」

「でも、一刻を争うの……このままでは眠れないかも」

リリアの無事を確認するまではきっと眠れないだろう。

私は、頭の中でいろいろな可能性を検討し、却下《きやつか》する。不自然にならないように今すぐ猊下をここに呼び出すことは、どう考えても不可能だ。

「まあ……」

真剣《しんけん》な私に、ジュリアはおかしげな笑い声をもらした。

「なあに？」

「妃殿下は、本当に王太子殿下のことがお好きなのですね」

「……突然《とつぜん》、何を言うの」

いきなりのそんな言葉に面食らった。どういう表情をしていいかわからなくて、視線を泳がせる。だって、そんなこと突然言われたって……そりゃあ、殿下のことは、す、好きだと思うけど。

でも、こんな時に突然そんなこと言わなくてもいいのに。

平常心を保《たも》たなければ！　と思うのに、何だかじっとしていられないような気分になってくる。

(殿下のご無事をお祈りするっていうのは、シオン猊下と連絡をとるためのただの方便なんだから！)

それは口に出して言うことができない言い訳だった。

確かにナディル殿下のことは心配だけど、でも、実はそれほど心配していないのだ。

だって、殿下だもの――――そう。私の中には、ナディル殿下に対する無条件の絶大な信頼《しんらい》があって、不安を覚えようがない。

だから、少し温《ぬる》くなったブランデーミルクを飲んで、照れくささをごまかした。

「夜も眠れないほどに王太子殿下がご心配なのですね」

わかります、とでも言うようにジュリアはうんうんとうなづいている。

何か、ものすごく勘違《かんちが》いされている気がする。

でも、否定はできない。そう、できないのだ。

だから、何だかものすごくいたたまれない。


コンコンというノックの音が響《ひび》いて、正直、ちょっとだけ救われた気分になった。

「はい」

「ギッティス大司教猊下がおみえになり、妃殿下への面会をお求めになっております」

扉越しに聞こえたのは、レイエス卿の声だった。

あまりのタイミングの良さにジュリアと顔を見合わせる。

ジュリアの口元には笑みが浮かんでいていかにも何か言いたげだけど、私としてはどういう表情をしていいかわからなくて困ってしまう。

「お待ちいただいてください」

ジュリアが私の代わりに返答し、扉の向こうで伝言を持ってきたレイエス卿が、軽く息を呑《の》む気配がしている。

そりゃあそうだろう。こんな時間に面会なんて、普通ならばありえない。あまりにも非常識だ。

「ちょうど良かったですわね、妃殿下」

「うん……でも、どうして今日にかぎって、面会を求めたのかしら……」

「事件というほどのことではありませんが、事件があったばかりで妃殿下がまだ起きていることをお知りになったからでは？」

「そうかもしれないけれど……」

「何にせよ、タイミング良かったんだからいいじゃないですか」

「……そうね」

ふと、何かが頭の片隅《かたすみ》をかすめた。

何か大事なこと。

ずっと気になっていたこと――それを一瞬《いっしゅん》、思い出しかけたような気がした。

「妃殿下、早く着替えませんと……」

「ええ」

けれど、それはうまく形にならないまま霧散して、後にはざらりとした違和感《いわかん》の輪郭《りんかく》だけが残った。


シオン猊下と対面したのは、居間の脇……よくお茶に使ったりする部屋だ。居間は公的な空間でもあるため、私にはちょっと広すぎる。だから私は、この小さめの部屋を使うことを好む。

まあ、現在は居間を使えない理由があるわけだけど。

「このような夜分にお目通りの許可をいただき、ありがたく思います。アルティリエ妃殿下」

「いえ、大丈夫です」

こんな夜中だというのに、シオン猊下は一分の隙も無い大司教《だいしきょう》の略正装《りゃくせいそう》だった。

(ギッティス大司教シオン猊下……王太子殿下と母を同じくする末の弟君)

頭の片隅から、シオン猊下の情報をひっぱりだす。いかにも王子様然とした容姿でありながらも、リリア情報によれば結構イイ性格をしている方だ。

確か王太子殿下とは六歳違い。どういうわけか殿下は、異母弟妹《いぼていまい》であるナディ達を認めていないわけではないのに、弟妹であるという認識《にんしき》に欠けているようなところがあって、同母弟《どうぼてい》であるシオン猊下をいつも末っ子扱《あつか》いなさる。

殿下のお話を聞く限り、猊下はそれを承知していて、自身もその認識でいろいろ甘えているようなところがある。

そのせいか、現実には私のほうが幼いながらも、気分としては何となくシオン猊下を弟っぽく思っていたりする。

淡《あわ》い金色の髪がやわらかなランプの光に揺れる。

にこやかなシオン猊下は柔らかな笑みを見せた。

やっぱり兄弟なんだなぁと思う。笑い方がそっくりだ。

(どっちかというと私的にはあんまりよくない意味でだけど……)

爽《さわ》やかかつ完璧《かんぺき》な王子様笑い……シオン猊下は今は聖職者だけど……は、どこか空虚《くうきょ》だ。

でも、殿下がそうであるように、対外的にはもうこの笑みが貼り付いてしまっているんだと思う。

だって、ナディに見せてもらったスクラップブックカードのシオン猊下はほとんどがこの表情をしていた。

「怖《こわ》い思いはされませんでしたか？　侍女からは、こんな時間まで眠れなかったと聞きましたが」

「……大丈夫です」

私は目を伏《ふ》せる。心配しているのは、本当は殿下よりもリリアだ。

でも、傍《かたわ》らにジュリアが控《ひか》えているから下手《へた》に口に出すわけにもいかない。急に人払《ひとばら》いなんてできないし……。

(そもそも、ここで人払いなんてしたらマズいから)

十二歳の私がそこまで意識するのもおかしいかもしれないけれど、この宮は王太子殿下の後宮《こうきゅう》になる。そこで、夫以外の男性と二人きりになりたいというのはちょっとどころかかなりマズいと思う。

この国の聖職者は、条件付きだけれど結婚が認められているからなおさらだ。

「兄上のことがご心配ですか？」

私が口ごもったのを、猊下は別な意味にとったらしい。

「え、ええ……」

「大丈夫ですよ。兄上は負ける戦《いくさ》は決してなさらない」

うん。殿下のことはそれほど心配していません。

正直言って、殿下が負けることなんて想像すらできない。

どう言ったらいいんだろう……わざとらしいけれど、ジュリアにお茶でも淹《い》れに行ってもらおうかなと思って目線を向けると、ジュリアは何を誤解したのか私にうなづきを返し、笑みを浮かべて口を開いた。

「妃殿下は、王太子殿下がご心配で、夜もあまり眠れないとか……。その為、殿下の戦勝を御祈願《ごきがん》なさりたいとおおせなのですわ、猊下」

（ちっが〜う！）

笑みを含んだその言葉に、一瞬シオン猊下はぽかんとし、それから破顔《はがん》した。

（それ、ちがうから!!）

誤解だから！　そこまで心配してないし、別に眠れなかったのはそのせいじゃないからね！

声を大にして言いたいけれど、言うわけにはいかないのがつらい。

「それは良いことですね。兄上もお喜びになることでしょう」

「大聖堂への外出はご無理でしょうが、猊下が導師として祈願の儀式《ぎしき》を行ってくだされば妃殿下もご安心なさると思うんです。……そうですよね？」

「う、うん……」

ここでうなづくのは何かちょっと違うような……。いや、殿下のご無事を祈ることに不満があるわけじゃないんだよ。ただ、誤解されているのが気になるだけで！

「勿論《もちろん》、おひきうけしましょう」

シオン猊下は力強くうなづき、それから、ちょっと考えて言葉を続ける。

「ですが……せめて、西宮《にしのみや》の聖堂に場所を移しましょうか。さすがにここは祈りの場には不似合いです」

西宮に付随《ふずい》した小さな聖堂は、王太子妃宮と西宮との境界《きょうかい》にある。いつもなら、この聖堂までは私の行動していい範囲内《はんいない》なんだけど、今は仮病中だ。

「でも……」

ジュリアはためらっていた。

そもそも、王太子殿下の留守中に私がここから出ることは絶対禁止！　それが基本ルールだ。しかも、今は判断を下すリリアがいない。

他の者が言い出したなら即座に却下なのだけれど、それを口にしているのが、王太子殿下が留守を任せた実弟《じってい》のシオン猊下だというところに、ジュリアのためらいの原因があるのだろう。

（……これは、猊下の内緒《ないしょ》で話がしたいというサインなのかしら？）

「こっそり行けば、大丈夫ですよ」

シオン猊下はいたずらに誘《さそ》うような表情で言う。思わずひきこまれてしまいそうな魅《み》力的《りょくてき》な表情に、ジュリアがちょっと頬《ほお》を染めた。

「いかがです？　妃殿下」

柔らかな笑みを浮かべているけれど、目は笑ってない。

「わかりました」

迷うことはほとんどなかった。

これが私と心置きなく話をするための提案なのか、あるいは、もっと違う目的なのかはわからない。

（だって、あまりにもタイミングが良すぎるもの……）

世の中がそんなに都合よくできていないことを、三十三歳社会人だった記憶を持つ私は知っている。

（でも、この申し出にのってみるしかない）

現在の状況《じょうきょう》は手詰《てづ》まりなのだから、どのみち他の選択肢《せんたくし》はない。

私が抜け出すことのマイナスとプラス……迷惑《めいわく》をかけるだろう人達や他のいろいろなことが頭をよぎる。

（でも、大事なことは、一つだけだ）

誰にどれだけ迷惑をかけようと、後で殿下にものすごく怒《おこ》られようとも、今優先すべきことはただ一つ。それを間違えなければいい。

そして、幾《いく》つかの可能性を頭に思い浮かべる。

（たぶん、どう転んでも私の目的は達成できるだろう）

だったら、それでいい。

こう言うのも何だけど、結構度胸《どきょう》はあるほうだ。決めるまでにいろいろと悩むこともあるけれど、一度決めれば後は腹を括《くく》れる。

親兄弟も親族もなく一人で生きるということは、幾つもの決断を自分だけで下す繰《く》り返《かえ》しだった。ちょっと思い出すのがイヤになるようなことも何度かあったし、いろいろ鍛《きた》えられもした。多少の不測《ふそく》の事態《じたい》はどうとでもできるはずだ。

「騎士の方には……」

ジュリアが不安げな表情をみせた。

「申し上げないほうが良いでしょう。騒ぎになりかねませんし」

「でも……」

シオン猊下は柔らかく笑って言う。

「妃殿下は風邪《かぜ》をひいて臥《ふ》せっていることになっているし、ほんの一時間足らずのことだよ、ジュリア」

言い聞かせるように名前を呼ぶとことか、ダメ押しだと思う。

(似てるなぁ……)

いつだったか、私の目の前でアル殿下を丸めこんだ王太子殿下と。

シオン猊下と王太子殿下は雰囲気《ふんいき》がよく似ている。

でも、本当は顔立ち自体は、アル殿下と王太子殿下のほうがよく似ているのだ。

アル殿下の性格が王太子殿下とはまったく違うのと、髪の色や瞳《ひとみ》の色も違うのでそれに気付く人は少ないらしい。

「妃殿下？　どうかされましたか？」

私の視線に、シオン猊下が軽く首を傾げる。

「いいえ……何も」

そう答えた私に微笑みかけ、シオン猊下は更《さら》にジュリアに畳《たた》み掛《か》ける。

「ジュリアが妃殿下の身代わりをつとめてくれれば、きっと大丈夫だから」

「身代わりだなんて……」

「たいしたことじゃない。妃殿下の寝室《しんしつ》に戻って、代わりに寝ていればいいだけだから」

「でも……」

「ジュリア、お願いします」

私も言葉を添《そ》えた。

「……妃殿下がそうおっしゃるのでしたら」

不安げなジュリアに、私は大丈夫ですというようにうなづいてみせた。


闇《やみ》の中で、息を潜《ひそ》める。

周囲に人の気配はなかった。

（なんか、不思議……）

表面的にとはいえ、こんな風に独りになるのは、『私』として目覚めてから初めてかもしれない。エルゼヴェルトのお城での墜落《ついらく》事件以降、皆、私を一人にすることをとても恐《おそ》れていたから。

(どきどきしてる……)

それが、殿下との約束を破るせいなのか、それとも別の予感からなのか、ちょっと自分でも判別《はんべつ》がつかない。

(こんなに早くジュリアに作ってもらったアレが活躍《かつやく》するときがくるなんて)

アルティリエが身に着けているのは、わがままを言ってジュリアに縫《ぬ》ってもらったシンプルなエプロンドレスだ。

使っているのがエルゼヴェルトを象徴《しょうちょう》する水色の布であることをのぞけば、下働きの少女のお仕着せに見える。が、見る者が見れば、それが絹製で、下働きの少女には一生働いても袖を通すことができないような品であることがわかる。

(普通に綿で良かったのに)

だが、アルティリエの持つ織物《おりもの》にはちょうどいい無地の布がこれしかなかったのだ。わざわざ購入《こうにゅう》すればきっと殿下の目に留《と》まる。それは避《さ》けたかった。

(殿下に秘密を作るのは大変です)

ここまで頑張《がんば》っても、実はバレているかもしれないという有《あ》り難《がた》くない予測もある。

でも、実は気遣いの人である殿下は、それを指摘するような無粋《ぶすい》なことはしない。

そっと確かめるように腰《こし》のあたりに触れた。

手袋越《てぶくろご》しの指先には硬い布の感触。帆布《ほぬの》のような丈夫な布でつくってもらった肩掛《かたか》け鞄《かばん》だ。ベルト状の紐《ひも》をつけてあって、軽く固定するようになっている。

(簡易ヒップバッグですね)

こうすると少し重いものでもあまり気にならない。副次的な効果として、上から今着ているようなマント型のコートを羽織《はお》ると手ぶらにみえる。

中にはカンカンに熱くなった小さめの金属の水筒《すいとう》……もちろん、保温用の中綿《なかわた》たっぷりの袋入《ふくろい》り……と昨日つくったナッツをたっぷりといれたスコーンが入っている。それから、チーズ味のあんまり甘くないマフィンとスティック状の固焼きチーズケーキもいれた。

うん、これで大丈夫。

(補給は万全《ばんぜん》だから!)

何かあったとき、一番大切なのは補給なのだと王太子殿下に教えてもらった。

『人間、腹が減るとロクな考えも浮かばないからな』と笑った殿下は、最近、随分《ずいぶん》と柔らかな表情をするようになったと思う。

(それが、私の前だけみたいだって思うのは、自惚《うぬぼ》れかもしれないけど)

でも、ちょっとだけ自惚れさせてほしい。餌付《えづ》け作戦も順調だし、お互いとても打ち解けていると思うのだ。

(私だけの一方通行じゃない、はず……)

殿下のお話は、いつも面白《おもしろ》い。

私が戦事《いくさごと》のお話を聞いてもあんまり現実の役には立たないと思うけど、殿下が何をどう考えているのかを知ることができるのが嬉《うれ》しい。

(今、こんな風に役立ててるなんて、殿下は思ってもいないだろうけど)

別に戦に行くわけじゃない。でも、いざというときのための食料を準備した。

(私の自由になるのは、お菓子《かし》だけだから)

その中から、日保《ひも》ちがしそうなものを選んだ。水筒の中身は、さっき落ち着くためにといれてもらった紅茶。テーブルに置かれたポットからこっそり自分の水筒に注いだのだ。

ぼんやりと空を眺《なが》める。

二つの月が中空にかかっているのを見ても、今はもう特にどうとも思わなくなっている。最初は衝撃だったけど。

(慣れたってことなんだろうな……)

この世界で生きること……そして、アルティリエであることに。

そっと胸元を押さえる。殿下からいただいた紙片がカサリと音を立てた。ジュリアがこのワンピースにもちゃんと隠しを作ってくれたのだ。

(……これはお守り)

私は、カードとか手紙も『心』を表すと思っている。そこに綴られた想いは、まさにそのものだと。

遠い空の下の殿下を思い、小さなため息をついた。

吐《は》く息が白い。室内とはいえ、夜ともなればこの季節はかなり寒い。寝間と違って暖房《だんぼう》器具をつけていないから猶更《なおさら》。もそもそとマフラーを巻きなおして、口元を埋《う》める。

薄い革の手袋のおかげで指先は温かい。室内だけど、マント型のコートも着て完全防備だ。

ジュリア特製の簡素な下働きお仕着せ風エプロンドレスは、身体にぴったりですごく動きやすく、裏地に目立たぬように入れてある私の紋の刺繍《ししゅう》も見事だ。

（ジュリア、器用だなぁ……）

この国では、裁縫《さいほう》は重視される技能の一つだ。

特に刺繍《ししゅう》は貴族の子女の教養の一つで、刺繍の腕が良ければ、良縁《りょうえん》に恵《めぐ》まれるとまで言われるほど。

すべてが手工業の世界だから、ドレスの装飾《そうしょく》なんかも全部手作業だ。装飾の基本は刺繍で、あとはモールやレースや宝石なんかを縫《ぬ》い付《つ》けたりする。

裁縫の技能をかわれて仕える縫製《ほうせい》専門の侍女もいるくらいで、その侍女の腕が女主人のおしゃれ度に直結してるといってもいい。

私の場合、それを担当しているのがジュリアとアリスだ。

とはいえ、私はそれほどそういった方面に関心がなくいつもお任せだったので、これまで彼女たちの技術を実感することがあまりなかった。今回、思わぬことでそれを再確認した。

（もっと、いろいろ作ってもらってもいいかもしれない）

作業用に着られて、殿下に見られても怒られないようなドレスがあればすごく嬉しい。


こんこん、と小さくガラスがたたかれる。

びくっと身体が震えた。

心の準備をしていても、やっぱり驚《おどろ》く。

静かにテラスの掃き出し窓が開いた。

「……いらっしゃいますか？」

押《お》し殺《ころ》した声はシオン猊下だ。打ち合わせしたとおり、猊下は一度宮を出てから、改めてこっそり戻ってきたのだ。

これは内緒の外出だからして、それなりの偽装《ぎそう》が必要になる。

（軽率《けいそつ》なのかもしれない……）

こんなことしたら、猊下と逢引《あいび》きしていると誤解されるかもしれない、とか、ちゃんとした方法をもっとちゃんと考えようよ！　とか、心配性だったり冷静だったりする思考が次々と頭の片隅に浮かんでくるのを振り切って、言葉少なく応《こた》えた。

「ここです」

窓のわきの壁《かべ》に背中をつけ、膝をかかえて座っていた私を見つけた猊下は、少しだけ目を見開いた。私はパタパタとコートの裾《すそ》をはたきながら立ち上がる。

「変わった、格好ですね」

私を見て、少し考えたシオン猊下は、言葉を選んでそう言った。

「そうなんですか？　このマントみたいなコートは、殿下からいただいたものなんですけど」

私はコートの裾をつまんで、見回す。別におかしいところはないと思うけど……。

まあ、強《し》いて言うなら、このグレーのフード付きマントコートは、私の持っているコートの中では一番簡素な品だ。

あのお出かけの後に、殿下が特別に私サイズに仕立ててくれた物で、軽いのに少しの水ならはじくし、風も防ぐし、裏にポケットがいっぱいあって便利。化学繊維《せんい》のないこちらのことを考えるとすごーく機能性に優《すぐ》れた一品だと思う。

「兄上……」

シオン猊下はがっくりと肩を落とした。

「何かおかしいですか？」

「……そのコートのデザインは軍用のものなんです」

騎士団の従僕用《じゅうぼくよう》に採用されているマントで、妃殿下のような方が身につけるものではないです、とため息交じりにつぶやく。

「かまいません。いつものもこもこなコートや、正装用の白い毛皮のコートでは気軽に動き回ることもできませんから」

見た目は濃《こ》い目の灰色のてるてる坊主《ぼうず》みたいな感じ。結構かわいいと思うんだけどな。色が色なのであんまり目立たないし、シンプルなのがいい。デザインが軍用であっても特に問題はない。どうせ、コートの下は下働きの子のお仕着せに見えるエプロンドレスを着ているくらいなんだから。

「妃殿下へのプレゼントは、もっとロマンティックなものにしていただきたいと思うのですが……」

(王太子殿下にロマンティック!!)

思わず噴き出しそうになるのをこらえた。

殿下に夢見ているなぁ、シオン猊下。

「どうぞ」

「ありがとう」

差し出された手に、そっと己《おのれ》の手を重ねる。

さすが元王子様、エスコートがとっても上手だ。

「なるほど」

「ああ……ちょうど、調査の中間報告の打ち合わせをやっているんですよ、裏のほうで」

「……騎士の人や護衛の人がいないので」

「どうかしましたか？」

（あれ？）


抜け出すには絶好のタイミング、というわけだ。

猊下に丁寧にエスコートされて、暗闇《くらやみ》の中でもつまずくことなく歩を進める。

こういうのって初めてかもしれない。

（殿下は……ほとんど私を歩かせないから……）

殿下と外出したのは一回きりだったけれど、庭を散歩したりとかは何度かある……でも、あれを散歩と言って良いかはちょっと疑問だ。だって、私は地面を歩いていないもの。

殿下は私をものすごーく小さな子供だと思っているのか、気が付くといつも抱き上げられている気がする。

（まあ、そのほうがお話ししやすくていいんですけど）

そんなことを思い出していたら、自然に笑みがこぼれた。

「どうしました？」

きっとシオン猊下にも私が笑みを浮かべているのがわかったのだろう。

「いえ……ちょっと思い出していました」

誰のことを、と言わずとも猊下もすぐに合点《がてん》する。

「何かおかしなことが？　兄上がご心配なのでは？」

「いえ。本当は心配というわけでもないのです」

戦勝祈願はただの言い訳にすぎないから。と言うと、ピタリと猊下の足が止まった。

つんのめって、危なくぶつかりそうになる。

「では……なぜいらっしゃったのです？」

平坦《へいたん》な声音《こわね》。

言葉に熱がこもるのを無理やり押さえつけているような、そんな印象を受ける。

「猊下と、内緒話がしたかったので」

「僕と？」

「はい」

私はうなづいて、にっこりと笑いかけた。

「僕と何を話したかったのですか？」

強張《こわば》った声。

『私』ではなく『僕』という一人称《いちにんしょう》。猊下は、自分がそう口にしていることすら気付いていないのかもしれない。

「リリアのことを」

息を呑む音が聞こえたような気がした。

(わかりやすいなぁ……)

微笑みの裏でいろいろと画策するのは、この兄弟の共通点なのかもしれない。

(ただし、アル殿下をのぞく、だけど)

ポーカーフェイスというかさわやかな笑顔をいつも貼《は》り付《つ》けている王太子殿下が、その心の底を決してうかがわせないのに比べ、シオン猊下はリリアに関する限りとてもわかりやすい。

(きっと、それだけ大事なのだろうけれど)

その事実が今の私には一番大切なことだった。

そして、それこそが、こうして私が猊下についてきた理由なのだ。

❖ 幕間 ❖ 侍女と王太子

初めて見た時、その子は泣きながら庭に何かを埋《う》めていた。

まったくの無表情だったが、私にはその子が泣いているように見えたのだ。

だから、その子がいなくなった後、こっそりそこに近づいてみた。

掘《ほ》り返《かえ》された真新しい土……聖句《せいく》が書かれた粗末《そまつ》な板に小さなシロツメクサの花輪が飾《かざ》られている。

「……金糸雀《カナリア》よ」

声に振り返った。黒のお仕着せに瑠璃石《るりいし》のカフリンクス……とても若く見えたけれど、目の前のこの女性は正式な女官《にょかん》だった。

「姫さまが飼っていた金糸雀が死んだの」

(あれが、姫さま……)

ああ、そうか、と思った。

光をはじく黄金の髪《かみ》……ダーディニアの黄金の薔薇《ばら》と呼ばれたエフィニア王女と同じ色

の髪を持つアルティリエ王太子妃殿下《おうたいしひでんか》。

彼女こそが、私の主《あるじ》となる方だった。


「あなたが、ミレディアナ・レナーテ＝ドナ＝シドニア＝アディラ？」

「はい」

「私は、リリアナ・エルリーナ＝ラナ＝ハートレー。王太子妃殿下付きの女官です。あなたの上役になります」

「失礼しました。すみません、勝手に庭に出てしまって……」

「いいえ、かまわないわ。……先ほどのことは他言無用よ」

「え、あ、はい」

『ラナ』ということは、この女性はれっきとした貴族の令嬢《れいじょう》である。それも、宮中貴族ではない世襲《せしゅう》貴族のご令嬢だ。

ダーディニアの貴族は、その成立の事情から世襲貴族と宮中貴族とに分けることができるが、世襲貴族の方が圧倒的《あっとうてき》に格が高い。というのは、世襲貴族が独立領主であるのに比べ、宮中貴族は王臣《おうしん》であるからだ。

例外もあるけれど簡単な区別としては、領地に付随《ふずい》する爵位《しゃくい》を持ちその領地の名が爵位名となっているのが世襲貴族。功績により王家から爵位と俸禄《ほうろく》を与《あた》えられ、姓《せい》を爵位名としている者が宮中貴族だ。

そのどちらをも兼《か》ねる人間もいるが、優先されるのは領地が付随する爵位であり、叙《じよ》爵《しやく》された年代が古い爵位である。

（まあ、王太子妃殿下付きの女官なら当たり前か……）

王族の傍《そば》近くに仕える侍女は、最低でも騎《き》士爵《ししやく》以上の家柄《いえがら》の娘であることが条件である。

かくいう私の家も準男爵《じゆんだんしやく》だ。騎士爵よりやや高い身分を持つ家柄ではあるけれど、その実、御料牧場《ごりようまきば》……王室の所有する農園や牧場の管理人に過ぎない。

だが、身分は高くなくとも御料牧場の管理人を務める家というのは裕福《ゆうふく》だ。職務の性質上、殊更《ことさら》私腹《しふく》を肥《こ》やすようなことをしなくともさまざまな余禄《よろく》があり、下手《へた》な伯爵家《はくしやくけ》など及《およ》ばぬ財を誇《ほこ》る。

だから、私の姉達は全員十五歳を前にして婚約が決まり、貴族女性の適齢期《てきれいき》とされる二十歳《はたち》前後で嫁《とつ》いでいるし、私自身も北方《ほつぽう》に領土を持つ伯爵家の次男と婚約していた。

私が王宮に侍女としてあがったのは、ある種の箔付《はくづ》けの為だ。貴族女性として、王宮で侍女勤めをした経験があるということは最高の花嫁教育を受けたとみなされる。

格上の伯爵家に嫁ぐにあたり、私が引け目を感じないで済むようにと考えた父の心づくしであるといってもいい。

「隠《かく》しておいても仕方がないから先に言っておくけど、姫さまの周囲では不穏《ふおん》な噂《うわさ》が絶えないわ。事実、いろいろなことが起こってもいる。でも、ここは王宮なのだから、多少のことは仕方がないと思って頂戴《ちょうだい》」

「多少って命の危険があったりもするんですか？」

「……それなりにね」

さらりと言われた。

（お姉様もいろいろあったって言っていたっけ）

五歳上の姉・アリーダは、十六歳からの三年間、第二王妃殿下にお仕えした。後宮では文字通り、どろどろした女の争いの中に投げ込まれ、日夜いろいろと気苦労が絶えなかったという。

だが、実際のところ、私が巻き込まれたのは女の争いなんていう生易《なまやさ》しいものではなかった。別に女の争いをバカにするわけではない。時と場合によって、かなり過酷《かこく》なものであることは承知している。

でも……アルティリエ妃殿下の周囲にまとわりつく薄暗《うすぐら》い……王家や大貴族の闇《やみ》の部分のほうが、私にはよほど恐《おそ》ろしかった。

「アディラ家のご息女《そくじょ》？」

「はい。そうです。アルティリエ妃殿下の侍女を務めております」

私は、居並ぶ鎧《よろい》姿の騎士達の前でしとやかに侍女ぶりっ子なしぐさで一礼してみせる。

王宮生活もすでに四年目ともなれば、宮中作法もそれなりに身についていて、意識するまでもなく滑《なめ》らかに身体が動く。

それは、彼らにも十分に伝わったらしい。天幕内のどこかはりつめた空気がほんの少しだけ和《やわ》らいだ。

「妃殿下の侍女が、なぜこのようなところに？」

それは当然の質問だった。

「休暇《きゅうか》をとって、婚約者の実家へなかなか進まない婚約破棄《はき》の話し合いをしに行く途中でした」

私はあらかじめ用意しておいた答えを口にする。

婚約破棄については確かにこじれていたが、実際のところは、妃殿下に依頼《いらい》された調べものの為に退出する言い訳に使っただけだった。

でも、尋ねた騎士はぎょっとした表情をする。そりゃあそうだ。いきなり婚約破棄とか言われたら驚《おどろ》くだろう。

しかも私本人が直接相手の家を訪《おとず》れるようとしているなんて、普通では考えられない。

私も先方の屋敷を訪ねはするけれど、挨拶《あいさつ》だけしてすぐに帰るつもりだ。だって、すでに事態は私の手に負《お》えなくなっている。

「親同士の間で話は決まっているのですが、ちょっと本人との話し合いがこじれていまして……先方にお伺《うかが》いする為に近道をしようと思っていたのです」

我が家が管理している御料牧場はこの近くにもあって、うちの人間はこのあたりの地理に詳《くわ》しい。勿論《もちろん》、地図に載《の》っていない道だって知っている。今回はそれが仇《あだ》になった。

(軍がこの道を移動の為に使うなんて!!)

普通、こんな間道を軍は使わない。

確かに『道』ではある。概《おおむ》ね、全行程にわたり小型の馬車が通れるくらいの道幅《みちはば》はあるし、ところどころがかなり悪路にはなるものの、それなりに整備されている。

だが、街道《かいどう》ではないから、途中で補給をしたり休息したりはできないし、物資を運ぶ大型の馬車はもちろん通れない。

けれど、身軽な騎馬《きば》の隊だけで駆《か》け抜《ぬ》けるのならば街道を通るよりもずっと早い。それで、物資だけ別ルートをとればいい。

(国境まで、最低でも一日は短縮できるわ。……ううん、二日は縮められる)

たぶん、この間道を抜けた先のどこか……おそらくは、私達が目指すトゥーラか、その先のエキドナ平原あたりで集結するのだろう。

それに気付いたら背筋がぞわぞわっとした。

すごい、と単純に思った。

この道を使用する為に少人数の騎馬隊を編成《へんせい》したこともそうだけれど、知らない人からしてみればおそろしいほどの早さで我が軍が国境に到達《とうたつ》したように感じるに違いない。最低でも二日……馬術が得意で、替え馬がすんなり用意できるのなら、三日は短くなる。

同時に、私達がすぐ解放されないだろうことが簡単に予測できた。

（たぶん、こういうのって軍事機密よね）

普通だったら軍の行軍と一緒《いっしょ》になったとしても咎《とが》められることはない。軍が通り終わるまで足止めをくうくらいで終わりだ。

けれど、この間道のことといい、今現在の状況《じょうきょう》といい、拘束《こうそく》されるだろうことは間違いないような気がする。

それを思って私はため息をついた。

何ていうか……うまくいかない時ってとことんツイていない気がする。


そもそものはじまりは、先月のはじめ、お父様から来た手紙だった。

その長い長い手紙は、要点だけを言うならば、『マーレ子爵《ししゃく》がおまえとの婚約を破棄しないと言い張っている。説得して欲しいと父であるティルヴィア伯爵がおっしゃっている』

ということだった。

マーレ子爵というのは、私が婚約していたアーサー・ルドヴィア＝ルヴァ＝ラドヴィック＝ヴェーレのことだ。

正直、うんざりした。

（だいたい、ムシが良すぎると思うのよね）

私とアーサーが婚約したとき、アーサーはティルヴィア伯爵家の次男だった。

次男ということは、家を継《つ》がず分家をするということだ。伯爵家には、エドワード様というれっきとしたお世継ぎがいらっしゃって、三月《みつき》前までは彼がマーレ子爵だった。

ティルヴィア伯爵家の嫡子《ちゃくし》は、帯剣《たいけん》の儀《ぎ》……男児の成人儀礼《ぎれい》……が済むとマーレ子爵の爵位を得ることになっている。次男であるアーサーがそう名乗るようになったのは、レイモンド様がお母上の小間使いと駆《か》け落《お》ちして廃嫡《はいちゃく》されたからだ。

次男で分家するから私と婚約していたのであり、伯爵家を継ぐ身となったアーサーと私とでは身分が釣《つ》り合《あ》わないと先方は考え、当然のように婚約破棄が申し入れられた。

我が家はそれを婚約不履行《ふりこう》で訴《うった》えることも出来たのだけれど、私が止めた。

（そんなことしても、何もいいことないしね）

元々、親同士の決めた婚約でそれほど思い入れがなかったこともあるし、準男爵の娘が未来の伯爵夫人《はくしゃくふじん》の地位を望むのは分不相応であるという先方の言い分も理解できる。

私には女官になる話があったから、私にまったく非がないということを明らかにしてくれるのなら婚約破棄しても良いと父に言ったのだ。

結果、父が伯爵に恩を売る形で婚約破棄が成立した。

私はそれで良いと思っていた。

(政略結婚なのに、ムリを押し通してまで結婚するなんてごめんだもの)

ところがだ。

婚約のもう一方の当事者であるアーサーがそれを拒否《きょひ》したのだ。

私としては、まったくその理由がわからなかった。

あちらは北方騎士団に従騎士として入団し、私は王宮に侍女としてあがっている身であれば、年に一度も会う機会はない。これまで会ったことのある回数すべてを足しても両手で余るほど。

そんな私との婚約破棄を拒否する理由がわからなかった。

(特に何があるってわけでもなかったし……)

私はすぐに手紙を書いた――――お父様と伯爵の間で決められたシナリオ通りに。私は妃殿下の女官になること。そして、女官になるからには中途半端《ちゅうとはんぱ》なことはできないので婚約を破棄したいという内容の手紙を。

それに対するアーサーの返事は便箋《びんせん》にデカデカとただ一言。

『いや　だ』

それを目にした私が、思わずそれを真《ま》っ二《ぷた》つに引《ひ》き裂《さ》いたとしても誰《だれ》も咎めないだろう。

何が嫌なんだ、このクソガキ！

思わずそう罵《ののし》りそうになったが、口には出さなかった。そこで押し留まるのが淑女《しゅくじょ》教育を受けた娘というものだ。そして、私がどれだけ手紙の上で言葉を尽《つ》くしても、アーサーからの手紙は『嫌だ』の一点張りだった。

なので、私は説得を諦《あきら》めた。そもそも、婚約破棄を言い出したのはあちらなのだし、私はできるだけのことはやった。後は親子間で話をつけてほしい。

そんな中、リリア様……そして、妃殿下に調査を頼まれた。

『エルルーシアの足取りを追って欲しい』と。

こじれている婚約問題を解決する、というのは退出の理由にはうってつけだった。

(……っていうか、言い訳くらいに使えなきゃ腹立つし)

噂にはなるだろうが、私は女官になるのだから別に気にする必要もなかった。

隣国《りんごく》でクーデターがおきてエサルカルの国王一家が幽閉《ゆうへい》されたことは、旅の途上《とじょう》で聞いた。戦争が起こるのだと皆《みな》が口々に噂しているのに、王宮に比べるとあまりにも情報が乏《とぼ》しく状況がつかめないことがもどかしかった。

けれど、私が遠い旅の空でやきもきしたところで何がどうなるわけでもなく、結局、命じられた調査をする以外は何一つできなかった。

その上、こんなところで足止めをされていることがもどかしくてならない。

（ツイてない……）

ため息をついた私に、三十過ぎだろうか、やや険しい表情をした騎士が問う。

「ミレディアナ嬢《じょう》、どうして地図にも出ていないこんな道を選んだのですか？」

「急いでいたからですわ。地元の人間ならば近道だと知っていますし……私の家は御料牧場を管理する家ですので、この辺りの牧場間の流通経路については隅々《すみずみ》まで知っているという自負がございます。急がなければならない時はいつもこの道を選びますわ」

この道は、裏道のわりにはそこそこ道幅があり、小さな馬車も通れる。なのに、地図にも載らずあまり利用者がいないのは、この先の一部が灰色狼《はいいろおおかみ》の生息地である森を通る為と、水場がほとんどない為だ。

「女性の貴女《あなた》がいるのに？」

「旅には慣れていますし、何度も利用していますから」

私はにっこり笑う。多少誇張《こちょう》があるかもしれないが、利用したことがあるのは事実だ。対する騎士が私の笑顔に困ったように視線をそらした。しゃべり口調がぶっきらぼうなのは、女性と話すのに慣れていないせいかもしれない。

「しかし……」

「私達もこんなところで行軍する部隊と出会《でくわ》すなんて思ってもおりませんでした。勿論、わかっていたら選びませんでしたわ」

ただ先を急いでいただけなのだ。軍と鉢合《はちあ》わせするのならこの道は選ばなかった。すでに出陣《しゅつじん》したとか、これから出陣なのだとか、いろいろな噂も聞いていたけれど、まさかもうこんな場所にまで進軍していて、出陣した部隊と遭遇《そうぐう》するなんて誰が想像するだろう。

軍の移動ルートなどはもちろん軍事機密に類することになるから明らかにされるはずがないのだけれど、この道はちょっと盲点《もうてん》だと思う。

(舗装《ほそう》されてないから、馬術に自信がないと難しいし……)

「私達も驚いているんです。この道を軍が利用するなんて……」

「……軍にも地元の人間はいるものだ」

背後から声がした。

聞きなれたというには恐《おそ》れ多《おお》い、だが、最近はよく聞いていた声。

私の尋問《じんもん》というか、質問にあたっていた騎士が立ち上がって敬礼する。

かまわなくて良い、というようにその方は軽く手をあげてそれを押しとどめた。

「王太子殿下」

びっくりして思わずぴょこんと立ち上がる。優雅《ゆうが》ではない動作に気付いて、ちょっと恥《は》ずかしくなる。

そして、私は宮中でよくそうしているように、王族に対する礼をとった。

左手を軽く握って胸の前に置き、右手でスカートの裾《すそ》を軽くつまんで足を引いて、心からの敬意を込めて頭を下げるのだ。できうる限り動作が優雅に見えるよう心がけることも忘れない。

この礼が優雅に美しくできるようになると、概《おおむ》ね、花嫁修業《しゅぎょう》が終わったとみなされる。

「良い。このようなところでそなたの顔を見るとは思わなかった」

ええ。私もです、殿下。

頭の中をいろいろなことが駆《か》け巡《めぐ》る……私が妃殿下のお望みでエルルーシアの調査をしていたことは、たとえバレバレだったとしても殿下には内緒《ないしょ》にしなければならない。

「恥ずかしながら、私としても不本意な次第《しだい》でティルヴィア伯爵家を訪問することになりまして……」

依頼された調査については、既に済んでいる。王宮に入る前のエルルーシアの足取りを追うことは難しくなかったし、エルゼヴェルトで行った調査の報告書も既に妃殿下の元に送った。あとは、王宮退出の理由に使ったティルヴィア伯爵の屋敷《やしき》に挨拶《あいさつ》に伺うだけだ。

「不本意？　もしや、妃《きさき》の女官となることを反対されているのか？」

「いえ。仮に反対されていたとしても、妃殿下の女官になることは我が身の誉《ほま》れ、我が家の名誉《めいよ》でありましょう。たとえ誰に反対されようとも、私はアルティリエ妃殿下に正式にお仕えしたいと思っております」

殿下は私の回答に満足げにうなづいた。


私は、アルティリエ妃殿下の女官になることが決まっている。

現在は女官見習いという身分で、半年後の試験に受かれば女官として正式採用される。

おそらくリリア様の計らいなのだろう。私の願いを汲《く》んだ形で、王家から我が家に対して女官になるかどうかの打診《だしん》をして下さった。

これは、我が家としてもとても名誉なことだった。

ただの侍女であるならばともかく、妃殿下の正式な女官だ。男性の地位で言うならば、王子殿下の側近に望まれたようなものだ。

ましてや、アルティリエ妃殿下は王太子殿下御即位《ごそくい》の暁《あかつき》には間違いなく王妃《おうひ》となられる方であり、国母となられる方である。その信頼《しんらい》を得、お側近くにお仕え出来るなど、貴族の娘としてこれほど名誉なことはない。

「不本意と申し上げたのは、妃殿下に心置きなくお仕えする為に婚約破棄をしたのですが、双方《そうほう》の家が納得したにもかかわらず、ご本人が承知してくれないことです」

そのためにこんなところにいるのだという不満をにじませて言う。

（……ほんと、あの子、どういうつもりなのかしら）

マーレ子爵・アーサー＝ルドヴィアは、私より三つ年下の十七歳。

記憶《きおく》にあるのは、彼が北方騎士団に入団する祝宴《しゅくえん》の時だから、もう三年前になる。

柔《やわ》らかな金の巻き毛に緑の瞳《ひとみ》が綺麗《きれい》な、無口でおとなしい子だった。

覚えているのは三年前の彼で、今ではきっとかなり大人びているに違いないのに、私には成長した彼が想像できない。思い出すのはいつもどこか幼さが残る少年の横顔だ。

「婚約を破棄したいのか？」

「はい。私は社交生活もそれほど好きではありませんし、そもそも家におさまっていることが苦手です。女性の嗜《たしな》みである刺繍《ししゅう》とか、音楽の素養もまったくなく、貴族女性としては落第に近いんです。……でも、妃殿下のお傍で仕えさせていただけるのでしたら、この私にもできることがあります」

お祖父《じい》様やお父様の手伝いでいろいろな公文書の下書きとかをしていたから……御料牧場は報告書が多い……書類仕事が苦にならない。それから、幼い頃から習っていた武道も、普通の貴族の子女としてはちょっと大きな声では言えない技能だが、傍仕えの女官ならば特技の一つとして認めてもらえる。

「そなたは、よくやっている」

「ありがとうございます」

殿下の言葉に、私は恭《うやうや》しく礼をする。

思いがけないお褒《ほ》めの言葉に、ちょっとだけドキドキした。

(好みじゃないけど、褒められると嬉《うれ》しいかも)

王太子殿下は確かに素晴《すば》らしい美形なのだけれど、私の好みはどちらかというと第二王子殿下のようながっちりしたタイプの男性なのだ。

クマみたいで可愛《かわい》いと思うの、アルフレート殿下って。

「あまりにもこじれるようだったら言うが良い」

「ありがとうございます」

私はその一言をとてもありがたく思う。

殿下のお言葉であれば、アーサーも逆らえないだろう。

「……私はもう行かねばならない。そなたはこのまま王宮に帰るが良い。供をつける」

殿下のおかげでどうやらすぐに解放されるらしくて、私は安堵《あんど》した。

「いえ、殿下のお手を煩《わずら》わすわけには……」

「礼には及ばぬ。単なる護衛というだけではない。そなたがまっすぐ王宮へ戻る監視《かんし》も込みだ」

「は？」

「あれの傍《かたわ》らに人が少ないのは心配なことだからな」

「…………」

（か、過保護だわ……）

薄々《うすうす》わかっていたことではあった。

たぶん、王太子殿下はもうかつてのように『誰にでも』『等しく』『優しく』なんて接することはできないだろう。

（だって、特別ができてしまったもの）

ただ一人だけの特別な存在――アルティリエ妃殿下。

それは素敵《すてき》なことだと思う。

「それと、ここで私と会った事は他言無用《たごん》だ」

「軍事機密《きみつ》、ですか？」

「そうだな」

殿下は小さく笑みを浮かべる。殿下にとっては、機密というほどたいしたものではないのかもしれない。

「妃殿下にもですか？」

「そなたが王宮に着く頃には、我らがここに居た事などもうどうでもよくなっているだろう。ルティアに話す分には別にかまわない」

「畏《かしこ》まりました」

妃殿下に、殿下がご無事な様子をお話ししたらきっと喜ばれるだろう。

「気を付けて戻るが良い」

「……はい。お心遣《こころづか》いありがとうございます」

私は出来うる限り優雅に腰を折り、礼をする。

殿下は軽くうなづいて天幕を出て行った。

（あれ？　私、このまま帰ったらまずくない？）

退出の理由に使った伯爵家に挨拶に行く予定だったのに、いつの間にか見張り付きで王宮に戻ることになっている。

（バレバレだったってことかな……）

王太子殿下は、知らないことがないんじゃないかと思うくらいあらゆる事柄《ことがら》に精通している。そして、おそらくは誰にも話していない私の事情もご存知なのに違いない。

軽く肩をすくめて、私は馬車へと足を向ける。

「どうしたの？」

御者《ぎょしゃ》のハインツが困ったような顔をしていた。

「あ、お嬢様。いえ、あの……」

困惑《こんわく》の原因はすぐにわかった。

「……ミレディアナ嬢」

馬を連れて現れた青年が、どこか親しげに私の名を呼ぶ。

でも、私にはまったく覚えがなかった。

「どなたさまですか？」

私より頭一つ分以上高い身長。すらっと……というよりは、ひょろっと感じられる細い身体……でも、その金の巻き毛に既視感《きしかん》を覚えた。

(何か記憶をかすった気がするわ)

「……僕です」

「僕？」

「……アーサーです」

「は？」

私は、ぱかっと口を開けたまま、もう一度青年をよく見た。

身につけているのはチャコールグレーの北方騎士団の従騎士の制服。手も足もすらりと長く、こう言っては何だがなかなかうまく成長していた。

父である伯爵はずんぐりむっくりなのにかなり身長が高いのは、きっと母である伯爵夫人の血だろう。女性にしては背の高い伯爵夫人は、女性の平均身長よりやや高い私よりも長身なのだ。

「アーサー？　アーサーってティルヴィア伯爵家のアーサー？」

「ええ、そうです」

柔らかく微笑む表情に、どきっとした。

おとなしく恥ずかしがりやだった少年は、いつの間にか見上げるほどに成長していて、まったく別の……男の人になっていた。

（北方騎士団も動員されていたのか……）

現実逃避気味《とうひぎみ》に、頭の中では全然別なことを考える。

エサルカルとの国境は西部から北部にかけてだ。北方騎士団が動員されていてもおかしくはない。ないのだけれど、どうしてここに……と思ってしまうのは当然のことだろう。

「ほんとのほんとに？」

「ええ。正真正銘《しょうしんしょうめい》本物のあなたの婚約者です」

「えーと……」

婚約破棄したと思うんですけど。

「まだ聖堂に納めた婚約証書は破棄されていませんから。……よって、婚約破棄も成立していませんから！」

私の心の声が聞こえたかのように、アーサーはきっぱりと言った。

「いや、それはそうなんだけど……」

確かに書類上というか公的には『まだ』だけど、互いの家の家長が承知しているんだから成立したも同然だと思うんだけど。

アーサーが重ねて口を開こうとしたところに、おそらくはアーサーを導く騎士らしき人から声がかかる。

「おい、アーサー、ここで話すのも何だ。どうせ王宮まで時間はたっぷりある。後にしろ。出発するぞ」

「はい」

アーサーはその言葉に表情を引き締めてうなづいた。

（いい表情するなぁ……もうあの子だなんて呼べないわね）

そして姿勢を正し、ほれぼれするようなビシッとした敬礼をしてみせる。

ちょっとだけ私は見惚《みほ》れた。……あくまでも、ほんのちょっとだけ。

「ドナ＝アディラ……王太子殿下の命《めい》により、王宮までお送りさせていただきます」

「………はい」

王太子殿下の命に他の返事ができるはずがない。

（……なんか、してやられた気分だわ……）

確かに礼には及ばぬ、とおっしゃるわけだ。

考えようによっては、こうして当人と直接顔をあわせたほうが話が早い気がするが、もはやその段階は通り過ぎているという気もする。

「ミレディアナ嬢、参りましょうか」

アーサーがにっこりと笑って、エスコートの為に手を差《さ》し伸《の》べてくれる。

「…………ありがとう」

笑うとどこか幼げで、わたしの記憶の中にある少年と一致《いっち》した。

正直、どう接していいか悩む。

いきなり成長して現れたのも驚きだけど、事情もなかなか複雑なわけだし……。

「どうかしましたか？」

「いえ……」

（早く戻りたかっただけなのに……）

王宮までの道のりが、果てしなく遠いもののように思えた。

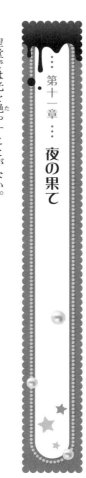

第十一章　夜の果て

聖堂では光を絶《た》やすことがない。

そして、聖堂において常に光を放っている『常夜灯《じょうやとう》』と呼ばれるランプは、どういう仕組みになっているかはわからないけれど、一晩中、柔《やわ》らかな光をともし続ける。

『常夜灯』は、聖堂がその独占販売権《どくせんはんばいけん》を持つ照明器具で、聖堂における喜捨《きしゃ》という名目の収入の約三分の一近くがこの常夜灯関連のものだと殿下《でんか》から聞いたことがある。

（純粋《じゅんすい》な喜捨というか、お布施的《ふせてき》なものだけに頼《たよ》っていては、本当の意味で誰《だれ》かを救ったり支援《しえん》したりすることはできないから……）

現世利益を追い求めない宗教団体としては矛盾《むじゅん》する点がなきにしもあらずだけれど、しっかりとした財源をもって活動するダーディニアの国教会の在《あ》り様《よう》は私にも受け入れやすい。

ぼんやりとした常夜灯の光を眺《なが》め、それから高い天井《てんじょう》を見上げる。

このこじんまりとした祈《いの》りの場は、小さいながらも王宮内であるためにとても手の込んだ装飾《そうしょく》が施《ほどこ》されている。

基本、聖堂は窓が小さく光があまり射し込まない造りになっていて、それはここもまったく同じ。昼は薄暗《うすぐら》いのに、夜は逆に明るく感じられる。

（確か、照明効果とか計算してあるんだよね）

たとえば天井の高さ、それから多用されている白や金、いささか過剰《かじょう》すぎると思えるほどのきらめく装飾……そのすべてが神の威光《いこう》と荘厳《そうごん》とを形作る。

正直、こんな時じゃなければ、いろいろ見て回りたい。

祭壇《さいだん》の彫刻《ちょうこく》もすごいけど、天井や壁《かべ》もすごいし、床《ゆか》だってモザイクのなにやら意味ありげな意匠《いしょう》が並んでいる。

「あまり知られていませんが、この西宮《にしのみや》の聖堂も、アルセイ＝ネイの作った建築物なんですよ」

ご存知ですか？　とシオン猊下《げいか》が問う。

唐突《とうとつ》な話題だった。

（……迷っているんだ）

見上げた横顔に、あのいつもの笑《え》みがない。

「……本宮《ほんぐう》だけではなく？」

「ええ。この聖堂は……当時は聖堂ではなく、離宮《りきゅう》だったのですが……すべてをネイが造ったわけではない為に、ネイの建築物であるという認識《にんしき》はされていません。具体的に言うと信徒席《しんとせき》の前三列から祭壇にかけてのあちら側がネイの建築したもので、他はすべて後代に再建、及び改築したものです」

「へえ」

純粋に感心した。床の模様は同じように見えるが、確かに多少色合いが違う。

「妃殿下《ひでんか》はネイについて知識があるのですね」

「興味があったので少し調べましたし……猊下の代わりにネイのレポートを書いたリリアの講義も受けましたから」

にっこりと笑って言うと、シオン猊下の顔が思いっきり引きつった。

えーと、嫌味《いやみ》のつもりはなかったけど、もしかしたら、これは痛烈《つうれつ》な皮肉《ひにく》になってるのかも。

軽い興奮状態にあるのか、不思議なくらい眠気《ねむけ》とか疲《つか》れを感じていなかった。

沈黙《ちんもく》には慣れているので、私は特に居心地《いごこち》の悪さを感じることもなく、こっそり周囲を観察していた。こんな時になんだけど、どれだけ居ても飽《あ》きないかもしれない。

（すごいなぁ……）

正面の祭壇のレリーフは、聖書の冒頭《ぼうとう》の天地《てんち》開闢《かいびゃく》の部分を描《えが》いている。たぶん、こうやって信徒席に座って見るのが一番いい角度にできてるんだと思う。とってもよく見えるもの。

もちろん、私の名前の由来となったシーンだってある。

わりと夢中になって見ていたら、静かな声音《こわね》が響《ひび》いた。

「……わかって、いらっしゃるんですね」

そこには、陽気さも、押さえつけられた激情も、何もなかった。

それは問いかけではなく、ただの確認だった。

……立ち上がったシオン猊下の表情は、陰《かげ》になっていてよくわからない。

(やっぱり)

理解するより先に納得《なっとく》する自分がいた。

「……そういうわけでもなかったのですが」

でも、私は最初からこの展開を予測していたように思う。

そう。たぶん、シオン猊下が私との面会を求めたときから。

(そっか……)

ふと、気付く。

ざらついた違和感《いわかん》の正体が何だったか……何がそんなにもひっかかっていたかを。

「猊下は王太子殿下の信頼を裏切るようなことはなさらない。でも……リリアのためならば、誰が相手でも退かないだろうと思っていました。だからこそ私も、リリアのことをお話ししたかった……」

シオン猊下にとってリリアは優先順位の一番だ。それは、これまでのいろいろな事柄から、私には疑いようもなかった。

そして、猊下はリリアのことであれば誰が相手でも退くことはない……そう思ったのは、私だけではなかったのだ。

猊下は、リリアのことであれば、王太子殿下が相手であってすら退くことはないだろう。

「なぜ、リリアのことを？」

私はコートのポケットから瑠璃石《るりいし》の装飾品を取り出す。

「これが、届きましたから」

一つだけ……片方だけのカフリンクス。

なぜ、片方だけだったのか……それは、もう一方が別の人間の手に届けられていたからに他ならない。

シオン猊下も、ポケットから同じように片方だけのカフリンクスを取り出した。

これにこめられた意味は、たぶんどちらも同じ。

「これがリリアのものであることは近しい人間ならわかるでしょう。……同じデザインであっても、他の子達のものとは石の質がまったく違いますから」

私の言葉にシオン猊下はうなづく。

「これが私に届けられた、ということはメッセージだと思いました……だから、少しでも早く猊下にお伝えしようと思ったのです」

私には何もできることがなかったから、と口にする。

「……元は、イヤリングだったんです」

猊下がぽつりとつぶやいた。

「リリアから聞きました。……いつも身につけておきたかったから、私の侍女《じじょ》になるときに作りかえたのだと」

当然ながら、侍女は装身具をほとんど身につけない。宮中はドレスコードが厳格であり、侍女にふさわしいとされるものしか許されていないのだ。

勿論《もちろん》、今の私の格好《かっこう》は論外《ろんがい》。猊下が『変わった格好』と評したのはだいぶ控《ひか》えめな表現と言える。

「自分の決意と覚悟《かくご》の象徴《しょうちょう》なのだと教えてくれました」

「……そんなことまで？」

「仲良しですから」

きっぱりと言うと、シオン猊下が小さく笑った。

「そのようですね」

空気が柔らかくほどける。

こんな場合なのに、ちょっとだけ和《なご》んだ。

「正直、妬《や》けます」

「いっぱい妬いてくださってかまいませんから」

「……すごく負けた気になるのは気のせいですか?」

シオン猊下の言葉に、私はただ笑った。

ゴーンと遠くで鈍《にぶ》い鐘《かね》の音が鳴る。

川向こうの大学特別区にある時計台の鐘の音だ。

「……遅いですね」

高い位置にある小さな窓を見上げて、私は言う。

明ける気配はまだないが、できれば夜のうちに、すべて終わらせてしまいたいと思っていた。

「は?」

猊下はものすごーく間の抜けた表情で私を見る。

「さっさと片付けて戻らないと不在がバレてしまいますから、早く来て欲しいのです」

「え、いや、でも……」

「たぶん、夜のうちに戻れば何とかごまかせると思うのです。殿下がいらしたら無理ですけれど、今は王宮にはいらっしゃいませんから」

何度も言うけど、大事《おおごと》にはしたくなかった。

「しかし……」

「あ、猊下は、必ずリリアを助けてくださいね。私は大丈夫《だいじょうぶ》です」

「アルティリエ姫……」

『妃殿下』と頑《かたく》なに呼び続けていたシオン猊下が、ちょっと間が抜けた表情をして、思わずといった感じで私の名を呼んだ。

「何ですか？」

「あの、僕を許してくれるんですか？」

「許すも何も、猊下、何かしましたか？」

私は軽く首を傾げる。

もちろん、心底本気でそう思っていた。

一応形としては、猊下が私を誘《おび》き出したということになるのかもしれないけれど、実際のところ、ここに来たのは私の意志だ。

ようは、シオン猊下の立場があちら側だったというだけで、あとは私の思い通りになりそうだったので、どうでもよかったとも言える。

「今はまだしていません。でも、姫をリリアと引《ひ》き換《か》えにしようとしています」

「ああ……別に問題ありません」

「いや、あるでしょう。普通に考えて」

「予測の範囲内《はんいない》です。大丈夫ですよ」

猊下がマジマジと私の顔を見つめる。

そんな風に見られても、実際まだ何もされてないし、憎《にく》むとかそういう気持ちもさっぱりわかなかった。

そもそも猊下自身、脅《おど》されて加担しているのだ。私に何か意趣《いしゅ》があるわけではない。事情を考えれば、仕方のないことだと思う。

そう思えるのは、私だからなのだとも言える。

年齢《ねんれい》どおりの子供でしかなかったら、きっと、どういうことかまったくわからず、裏切られた気分で絶望《ぜつぼう》していたかもしれない。

「……誰が来るかわかってますか？」

「何となく想像はしてますが、当たっているかはわかりません。……でも、私の想像通りなら、私が物理的に傷つけられることはないでしょう」

「……ええ、物理的には」

猊下は、そこで初めて憎悪《ぞうお》にも似た表情を閃《ひらめ》かせた。

昏《くら》い翳《かげ》り……負の感情を感じさせる何か……でもそれは、一瞬《いっしゅん》だけのことだった。

「申し訳ありません」

猊下が何について謝《あやま》ったかわからず、私は首を傾げる。

「……僕は、ずっと知っていたのです。貴女《あなた》がつらい目に遭《あ》っていたこと。それが誰の手によるのかも」

でも、それを告発することができなかった、と猊下は目を伏《ふ》せる。

「昔の話は忘れました」

「姫……」

「覚えていないことを謝られても困ります」

事実、覚えていない。

一度、リセットしちゃっているから。

「しかし……」

「大丈夫ですよ、私はもう以前の私じゃありませんから」

安心させるように笑ってみせる。

そう。今の私は、何も言い返せない子供ではなく、傷つきやすい柔らかな心の少女でもない。

「それはわかります。ですが……」

「さっきも申し上げましたけれど、猊下はリリアを助けることだけ考えてください」

「……ここで貴女の身とリリアを引き換えにすることになっています」

「そう。良かった」

私はほっと安堵《あんど》のため息をもらす。それだけが心配だった。

リリアが無事に帰ってくるのなら、私の目的は達成される。

(その後はちょっと大変だけど……)

でも、大丈夫だと勝手に決め付ける。

ちょっと出たとこ任せな感はあるけれど、きっと平気。

それは半ば自分に言い聞かせているようなものだ。でも、今の私はそれだけで充分《じゅうぶん》だった。

「妃殿下」

「はい」

シオン猊下は、静かな衣《きぬ》ずれの音をさせて立ち上がると、優雅《ゆうが》な動作で一礼して床に膝《ひざ》をついた。

私はきょとんとした表情でそれを見る。

目の高さがそれほど変わらないので、猊下の顔がよく見えた。

ナディの言葉を借りれば、聖職者ではダントツ一番人気であるという猊下は、確かに美《び》貌《ぼう》と呼ぶにふさわしい容姿の持ち主だった。どこか神経質そうなところもまた魅力《みりょく》なのだとか。

（私はナディル殿下の妃《きさき》だから、別に猊下がどれだけ美貌でも関係ないけど！）

その蒼の瞳《ひとみ》がやや緊張《きんちょう》を帯びて見えて、私は軽く首を傾げる。

猊下はそっと私の右手をとり、それから、自身の額を軽く押し付けた。

ちょっとだけ驚《おどろ》いた。

だってその仕草は、最高の敬意の証《あかし》だ。

大司教たる猊下は、国王陛下にだってこんな礼はしなくてもいい。

「猊下？」

「シオンとお呼び下さい、妃殿下」

「シオン猊下？」

「ただの、シオン、と」

「シオン、ですか？」

「はい」

シオン猊下は、私の口からもたらされた響きに満足そうに笑う。

「本当はお名前で呼びたいところですけれど、兄上が怖《こわ》いので止めておきます。そうですね……妃殿下は兄上の妻ですから……僕は、義姉上《あねうえ》とお呼びしますね」

えっと……。

何て言えばいいんだろう？

もしや、これは懐《なつ》かれたの？

確かに義理の姉だけど……見た目十二歳の私を「義姉上」と呼ぶ二十一歳の猊下って違和感あるような、ないような……。

そして、シオン猊下はまじめな表情で宣言した。

「こたびの一件は、義姉上がお戻りになったら、いかようにも償《つぐな》わせていただきます」

その言葉には、確かな誠意がこめられていて、私は戸惑《とまど》う。

私には、償ってもらうようなことなどなかったから。

（えーと、これからちょっと面倒《めんどう》なことがあるとは思うけど、ある意味、それは自分で選んだ結果のことだし）

私は何も知らずに引き渡されるわけではなく、自身の意思で引き渡されるのだから、償うとかそういうのは何か違うような気がするのだ。

「……それよりも、リリアに怒《おこ》られることを覚悟しといた方がいいですよ」

リリアは絶対に怒るから！

平手の一発や二発、覚悟した方がいいと思うの。

「それは、もちろんです」

「あと、バレたら当然、殿下にも怒られますね」

一緒《いっしょ》に怒られてくださいね、と私が言うと、猊下は視線をさまよわせて言う。

「……僕は、兄上には、殺されるかもしれません」

泣き笑いのような表情から、思わず目をそらす。

うん。それに近いものはあるかもしれない。でも、殺されるは言い過ぎだと思う。

「大丈夫です。そのときは、とりなしてあげます」

「本当に？」

「ええ」

「きっとですよ」

（とりなしきれなかったら、ごめんね）

一応、心の中で謝ってみた。たぶん、私の心の中の声が聞こえなかったことは、シオン猊下には幸いなことだっただろう。

（猊下って、結構、ヘタレた性格なのかも……）

でも、猊下はまだ二十歳そこそこだから仕方がないかもしれない。普段、堂々としているからそれほど意識しないけれど、あちらで言えばまだ大学生だ。

「それに、バレなければ大丈夫ですから！」

「バレなければばって……無理ですよ、今頃、フィル＝リンあたりが貴女《あなた》の不在に気付いてます」

「大丈夫。フィルの弱みは握《にぎ》ってます」

「……義姉上」

シオン猊下の眼差《まなざ》しに信じられないとでも言いたげな色が混じる。

え、フィルの弱みなんて簡単じゃないですか。

「でも、やっぱり、貴女を渡すのは……」

落ち着きなく立ち上がったシオン猊下の瞳が、躊躇《ためら》いの色を帯びる。

「この期に及《およ》んで迷わないで下さい……いいですか、優先順位を間違えたらダメです。一番大事なものを間違えないで。二兎《にと》を追うものは一兎をも得ずなんですから」

あ、今、ちょっとお説教口調交じったかも。義姉上とか呼ばれるから、つい。

「ニトヲオウモノハイットヲモエズ？」

「えーと、同時に二つの成果を得ようとして、一つも手に入れられないことです」

「……わかりました」

おお、素直だ。育ちが良いってこういうところに出るよね。

シオン猊下は、私をまっすぐに見てうなづく。それから、私の隣の席に座った。

真新しいベンチは、柔らかなカーブを描いていてなかなか座りやすい。

「大丈夫です。私だって何も備えなしに行くわけではないのですから」

猊下の眼差しに、私は小さくうなづいてみせる。

「申し訳ありません。貴女はこの国で一番安全が確保されなければいけない人なのに」

「……大丈夫。エルゼヴェルトの推定相続人としての自覚はちゃんとありますから」

それに、臆病《おくびょう》な方だと思う。好奇心《こうきしん》がないわけじゃないけれど。

「いえ、それだけではありません……すいません。それ以上はまだ僕の口からはお話しできないので」

詮索《せんさく》しないで下さい、と猊下はすまなそうに言う。

「いえ」

それ以外に何があるのだろう？　とちょっとだけ気になった。

だって、ほら、自分のことだし。

けれど、ギーッという嫌《いや》な音がして正面扉が開き始めたから、その疑問はすぐに頭の片《かた》隅《すみ》に追いやられた。


急に射し込んだ光がまぶしく、思わず目を細める。

柔らかなシルエット……逆光で誰とはわからなくとも、女性だと確信した。

「……随分《ずいぶん》と奇妙《きみょう》な服装だこと」

ひんやりとした夜の空気に、平坦《へいたん》な声音《こわね》が響く。

いつもとはまったく違う、抑揚《よくよう》のほとんどない声。

でも、その声の主を、私はもちろん知っていた。

「……王妃殿下……」

隣のシオン猊下が、その姿を目にして表情を歪《ゆが》めた。

驚きはない。その代わりにどこか沈鬱《ちんうつ》な、諦《あきら》めにも似た何とも言い難《がた》い顔をしている。

王妃殿下はどこか無表情なままに、後ろ手で扉を閉めた。

鈍い音を立てて、また静寂《せいじゃく》と闇《やみ》の世界が戻ってきた。

闇といっても、祭壇の常夜灯があるからまったくの闇というわけではない。けれど、扉の向こう……一定間隔《かんかく》で煌々《こうこう》と光が灯《とも》されている宮殿《きゅうでん》の廊下《ろうか》に比べると、やはりここは暗い。

(心地《ここち》よい暗さ……)

こちらの世界で、私は初めて暗さにもいろいろな種類があることを知った。

「母上……」

猊下は険しい表情で、王妃殿下を睨《にら》みつけている。

(険しいっていうか……)

まるで仇《かたき》に遭遇《そうぐう》したかのような眼差し……それは明らかに敵意で、実母に向ける表情として、いささかふさわしくないもののように思える。

（……でも、たぶん、猊下はご存知だったのだ）

ユーリア妃殿下の慈愛《じあい》の裏に存在する顔を。

そして、自身の母が、今回の件に関わっていることも知っていた。

こうしてここに王妃殿下が来ることも予想していたのかもしれない。

「まあ、私も人のことは言えないわね」

王妃殿下は薄化粧《うすげしょう》こそ施《ほどこ》してはいたが、髪《かみ》をおろしていたし、ガシュークと呼ばれる雪《ゆき》豹《ひょう》のコートの下にちらりと見えた薄物《うすもの》は、もしかしたら夜着なのかもしれない。

相手が身内とはいえ、こんな格好で人前に出るだなんて、貴婦人としてはあるまじきことだろうし、一分《いちぶ》の隙《すき》もないいつもの様子からは考えられないことだった。

とはいえ、そんなことは瑣末《さまつ》なことだ。

「お一人でいらしたのですか？」

私は、ゆっくりと口を開いた。

驚きは勿論ある。でも、ある意味、私にとっても予測の範囲内だった。

王妃殿下が関わっていることは絶対だった。それが前提《ぜんてい》でなければ、これまでのすべてが成立しない。だから、ここにご本人が来てもおかしくはない。

（お一人、というのは予想外だったけれど……）

「こんな時間に王妃《おうひ》が後宮《こうきゅう》の外に出るなんてことになったら大騒ぎなのよ。一人でこっそり来るしかないじゃない」

確かにそうだ、と思う。

後宮……王族の私的生活空間部分……から王族女性が外に出るには、煩雑《はんざつ》な手続きが必要だ。

それらをしている時間はなかっただろうし、そもそも、これは誰にも知られたくない類《たぐい》のことだ。

「護衛もお連れにならなかったのですか？」

ユーリア妃殿下は、護衛もお供の侍女すら連れていなかった。こっそり来るのは当然にしても、それにはちょっと驚いた。

「貴女が一人のようにね」

「別に、一人ではありません」

「……シオンはあなたを守る役には立たないわよ」

上の子達とは違って、武術にはまったく才能がないのよ、と王妃殿下は皮肉げに笑った。

シオン猊下はそれについては何の感情も示さなかったが、その眼差《まなざ》しの険しさは変わらない。

身内ならではの根深い何かがあるのだろう、と思う。

（私にはあんまりわからないことだけど……）

想像はできても、理解はできない。

そこまでの強い感情を抱くような何かは私にはなかったし、それ以前に、もう私には近しい肉親というものが存在しない。

（ああ、私は、どちらにせよ肉親との縁《えん》が薄《うす》いんだわ……）

麻耶《まや》はとっくに両親と死別していたし、アルティリエは出生時に母を亡《な》くし、父は存在はしていてもあまり認識していないので、そこに何らかの感情が生まれる余地がない。

妙《みょう》な共通点を発見したなと思いつつ、妃殿下に告げる。

「シオン猊下に守ってもらわなくても大丈夫です。私、逃げ足速いですから」

「おもしろいことを言うのね」

王妃殿下は、まるで珍《めずら》しい生き物でも見るかのような眼差しで私を頭の上から足の先までじっくりと眺める。

それは値踏《ねぶ》みの視線だった。女が、ライバルの女を見定めるときのような。

「……本当に記憶を失《な》くしてしまったのね、ティーエ」

その声にいつものようなねっとりとした甘《あま》い響きはない。

ただ、名を呼ばれた時は、少しだけ嫌な感じがした。

私は、ティーエと呼ばれることに、とっても嫌悪感《けんおかん》がある。

（たぶん、それは……）

そう呼ぶ相手に対する、私が忘れてしまった記憶に関わっているのだろう。

頭で覚えていなくても、身体が反応している……たぶん、そういう種類のこと。

そして、私はうすうすその相手が誰であるかに気付いている。

「幸か不幸かはわかりませんが」

周囲の人達は、今の私を受け入れてくれている。

そのことは勿論嬉《うれ》しいし、幸せなことだと思う。

けれど、私がここにいるのは、記憶と共に幼いアルティリエが失われたからで、手放しで幸せだと言えることでもない。

私はそのことを決して忘れない。

「幸い、なのでしょう。王太子にとっては」

王妃殿下はそっと目を伏せた。

愁《うれ》いを含《ふく》んだ横顔はとても綺麗《きれい》で、なるほど未《いま》だに国王陛下の寵愛《ちょうあい》が衰《おとろ》えないと言われる理由がわかるような気がする。

「リリアをお返し下さい、王妃殿下」

静寂の中に、私のさほど大きいとは言えぬ声が響く。

王妃殿下は、リリアの行方《ゆくえ》を知らぬとも、自分は関係ないとも言わなかった。

無言の肯定《こうてい》。

……リリアが帰ってこないことに自分が関わっているのだと。

だから、私はもう一度繰《く》り返《かえ》す。

「リリアを、返してください」

声を荒《あら》らげることなく、まっすぐに見上げて。

見上げたその瞳は、虚《うつ》ろだった。

そして、王妃殿下は軽く首を横に振り、私達に告げた。

「彼女は……今頃はもう、王太子妃宮に戻っていることでしょう」

ほぉっとシオン猊下が息を吐《は》いた。私も小さく安堵のため息をつく。

「無事、なのですね」

「何もしていませんし、させてもいません」

疲れたような声音はどこか力無く、空虚《くうきょ》に聞こえた。

私と猊下は顔を見合わせて、互いにリリアの無事を喜ぶ。

そして私は、リリアの元に駆《か》けつけたいと思いつつも、躊躇《ため》らっている猊下の背をそっと押した。

「義姉上……」

行きなさい、というようにうなづいてみせる。

シオン猊下は心配そうな表情をしながらも、でもうなづいて駆け出した。

私はその後ろ姿を微笑みで見送る。

「大丈夫よ。リリアは自分の足で戻ったわ……といっても、聞いていないわね、あの子」

王妃殿下の口調がまるで母親のようで変だと思い、変だと思うこと自体がおかしいのだと気付く。

（だって、真実、殿下はシオン猊下の母親なのに）

けれど、どれほど母のようであろうとも、目の前のこの人は真実の意味で『母親』ではないのだと思う。

それほど多くの時を過ごしたわけではないけれど、そう感じた。

ふと、私を凝視《ぎょうし》する王妃殿下に気付く。

「……？」

「ねえ、なんで、あなたはここに来たの？　ティーエ」

いつものあの慈愛の笑みを浮《う》かべていないユーリア殿下は、私などよりよほど人形めいて見える。

「リリアを取り戻すためです」

「たかが女官《にょかん》一人のために？」

ユーリア妃殿下は、唇《くちびる》の端《はし》を歪めた。

「たかが、ではありません」

私にとって、リリアはたかが女官なんかではない。

「あら、あなた、あの子を信じているの？　だとしたらとっても驚きだわ。あなたの周囲で起こったいくつかの事件はあの子がおこしたのよ。あなたの侍女を殺したのも、リリアかもしれない」

「それは、ありません」

「あら、なぜそんなことが言えるの？　記憶もないくせに」

挑《いど》むような表情で、王妃殿下は言った。

私は首を横に振る。

「……確かに、私の周囲でおきたことのいくつかに、リリアは関わっているかもしれません。でも、それとこれとは別です」

リリアはあまりにも有能すぎ、あまりにも知りすぎている。

でも同時に、リリアが私に対して誠実であることを私は知っているのだ。

私には言わないことがあるし、言えないことだって勿論あるだろう。だからといって、それは私が彼女を信じない理由にはならない。

ぼんやりとしかわからないけれど、たぶん、リリアは何かを探していて……その為に、隠《かく》したり、言わなかったりすることがあるのだ。

「随分な信頼ね」

リリアを信じているのは確かだ。そして、エルルーシアに関しては、リリアが関わってないだろうことを私は知っている。

私は、深呼吸を一つした。


(正念場だ……)


「王妃殿下は、私の死んだ侍女の名前をご存知ですね？」

「……そうね。だって、私はあなたの母代わりですもの」

エルルーシア、とその唇《くちびる》が音をたてることなく紡《つむ》ぐ。

「エルルーシアがナディル殿下付きの武官の娘だったから、私は、その縁で彼女が私の侍女になったのだと思っていました。確かにそれは間違っていません。彼女の父親はナディル殿下の武官ですし、その口利《くちき》きがあったことも事実です」

それがどうしたの？　というように、王妃殿下の視線は話の先をうながす。

「でも、彼女の母親は、かつてあなたの女官だった」

それも、王妃殿下の輿入《こしい》れの際、共にこの国に来た唯一《ゆいいつ》の侍女だ。

ユーリア妃殿下はうっすらと笑みを浮かべた。

「ええ、そうよ」

あっさりと彼女はそれを肯定する。

だから、私は先を続けた。

「表面上、彼女は父の縁を辿《たど》ってこの西宮に勤めたことになっています。けれども、本当はそれ以前に母の縁で王宮にあがっていた。彼女は後宮のあなたの許《もと》で育ち……そして、この西宮に勤めたのです。あなたの命令で」

「それが何か問題かしら？」

穏《おだ》やかな表情。なのに、それが怖い。

「エルルーシアは、あなたの命令でいろいろなことをしたようですね」

「……証拠《しょうこ》があって？」

「ユーリア妃殿下、そう問いかけるのは、暗にそれが事実なのだとおっしゃっているのと同じことです」

かなり強引な言い分だということは自分でもわかっていたから、私はわずかに微笑《ほほえ》んでみせた。頬《ほお》が引《ひ》き攣《つ》らないように、できるだけ余裕《よゆう》に見えるように。

もちろん、ただのはったりだ。

本当は怖い。でも、ここで退くわけにはいかない。

(だってこれは、私の戦いだから)

私は剣《けん》を手にとることはできない。

そういった能力もなければ、心構えもないし、覚悟だってない。

でも、今、この場から逃げようとは思わない。

「ねえ、エルルーシアが死んだのは、あなたを守る為にリリアが殺したのだとは思わないの？　あの子だったら、それくらいはやってよ？」

あの子は生粋《きっすい》の後宮育ちなのだから、と笑う。

「同じことを何度おっしゃっても無意味ですよ。そう言われても、私の答えは変わらないです」

動揺《どうよう》を誘《さそ》っているのか、あるいは別の意図があるのか。

「もしも、私の為にリリアがそれをしたとするなら、それは主《あるじ》である私が負うべき責でしょう。でも、リリアではありません」

「そうまではっきりと言い切れる証拠があって？」

「証拠がそんなにも必要ですか？」

残念なことに、明確な証拠というのはそれほど多くはない。

そして、私がどんなに頑張《がんば》ったところで、物的証拠というのはほとんど見つけられなかった。かつて麻耶が暮らしていた現代日本と違い、このダーディニアには警察もなければ鑑識《かんしき》もなく、科学捜査《そうさ》らしいものもない。

だから、私にあるのは、状況《じょうきょう》証拠とそれを元にして組み立てた穴だらけの推理だけ。

「あら、あなたは証拠もないのに人を糾弾《きゅうだん》するの？」

「私は糾弾なんてしていませんし、するつもりもありません」

そう。これは糾弾などではない。糾弾できるほどの何かを私は持たない。元よりそんな資格もない。

「ただ、確認しているだけです。……わたしは、知りたいだけですから」

「何を？」

「……『私』がなぜここにいるのかを」

私がそう言った本当の意味は、ユーリア王妃にはわからなかっただろう。

アルティリエであり、和泉《いずみ》麻耶でもあった『私』。

『私』という意識がどういうものなのか、定義することはたぶん誰にもできない。

私は、麻耶の生まれ変わりがアルティリエで、アルティリエという意識が殺された為にその過去世である麻耶の記憶が蘇《よみがえ》ったと考えているけれど、それが真実かどうかは誰にもわからないことだ。

でも、幼いアルティリエの意識が失われた為に『私』がここに存在していることは事実で、それは『私』が一番よく理解《わか》っている。

だからこそ、知りたいのだ――――『私』がここにいる理由を。

「本当は、犯人を捕《つか》まえたかった。捕まえて裁判を受けさせたかった。……でも……それが不可能なことがわかりました。だって、この国には貴族を裁く法は存在していても、王族を裁く法は存在していない」

「ええ、そうよ」

王妃殿下は驚いた顔をし、そしてどこか苦味を帯びた表情で笑った。

「だから、私はただ知りたいのです」

「知ってどうなるものでもないのに？」

「知れば、同じ過《あやま》ちを繰り返さぬよう努力することができます」

「奇麗事《きれいごと》ね」

「……だから、努力と言っています」

私は笑ってみせる。

同じ過ちを繰り返さないと言い切ることはできない。それはどうにもならないことかもしれないから。誰が悪いわけでもなく、どうしようもないことも世の中にはあるのだと、今の私は知っている。

けれど、知らないより知っていたほうが、避《さ》けられる確率も高い。

王妃殿下は、驚きに満ちた表情で私をしげしげと見る。

「ティーエ、あなたは……」

私がこれほどスムーズに話すことに驚いたかもしれないけれど、それ以上に、以前のアルティリエとの違いにも驚いているのだと思う。

（私はもう、嫌だということも非難することもできず、心を閉ざして声を失《な》くしてしまった幼い子供ではないから）

私は答える代わりに、口を開いた。

「エルルーシアの実家は北部にあり、エルゼヴェルトの城で私を毒殺しようとした犯人にされた人もまた、北部の生まれでした」

北部……王太子殿下が向かった、これから戦場になろうとしている……あるいは、なっている地域。

「事件というのは、だいたい、過去の幾《いく》つかの出来事が絡み合い、織り成す結果にすぎません。……だから、どうすればエルルーシアが死なずに済んだのかは、私にはわかりません。エルルーシアが死んだことを聞いたその時、私はかっとなって怒《いか》りを覚え、自己嫌悪を覚え、その感情の赴《おもむ》くままに犯人捜《さが》しに乗りだしましたが、実際にはとても的外れでした……」

でも、それでこうやって現在につながっているのですから、無駄《むだ》だとは思いませんけれど、と付け加える。

「エルルーシアはある事件では加害者であり……そして、あの毒殺事件では被害者《ひがいしゃ》となりました。遠因《えんいん》となる出来事はいくつもあって、複雑に入り組んでいて……正直、そのすべてがわかったわけではありません」

たぶん、すべてを解明することはできない。

中心となる出来事はいくつかわかっているけれど、それらが元となり、波紋《はもん》が広がるように連鎖《れんさ》した出来事がたくさんあるのだ。当事者にだってわかっていないことが、数多くあるだろう。

「結局はたった一つの出来事が元になっているのです」

私は小さな吐息《といき》を漏《も》らす。

王妃殿下は、どう判断してよいかを迷うといった表情で私を見ていた。

「でも、だからこそ、私にはあなたの動機がわかりません」

「私の動機？」

私が問うた意味を咀嚼《そしゃく》しながら、王妃殿下が言葉を返す。

私はまっすぐにその瞳を見て問うた。

「あなたはなぜこの国を壊《こわ》そうとし……そして、また守ろうとするのですか？」

二律背反《にりつはいはん》。

矛盾する要因と結果。

それは、ほとんどすべての事件にあてはまる。

私の問いに、王妃殿下の顔から完全に表情が消えた。

夜の奥底の静寂の中で、私はただ待っていた。

ユーリアナ・ディエイラ＝ディス＝ダーハル＝ダーディエという一人の女性の言葉を。

ややして、王妃殿下は、ひどく疲れたような……あるいは、何かを諦めたような表情で口を開いた。

「……ティーエ、あなたは自分のことについてどのくらい知っているのかしら」

「私のこと、ですか？」

「ええ、そうよ」

突然、自分のことをたずねられて驚いた。

「記憶がありませんからそれほど多くは知らないですが……母が陛下の異母妹《いぼまい》で、父はエルゼヴェルト公爵《こうしゃく》だということくらいしか……」

あと、言うまでもないけれど、夫がナディル殿下だということ。

「あなたのお母様については、それ以上何か知っていて？」

「前の国王陛下であるラグラス二世陛下と第四王妃エレアノール殿下との間に生まれた、陛下の末の異母妹だと聞きました……あと、王太子殿下がお転婆《てんば》なところのある人だったと……」

「王太子が？」

「はい。いろいろなことを話して下さいました」

殿下の話の中の母は、活発な少女だった。

音楽が好きで、動物が好きで、遠乗りがとても好きだった、と。

私は侍女達の噂話《うわさばなし》の中の悲劇の主人公である母よりも、殿下の話してくださった母の話のほうが好きだった。殿下の記憶の中に、ちゃんと彼女は生きていたから。

「あなたは、エフィニア姫に生き写しというほどに似ています。そして、エフィニア姫の母であったエレアノール妃にも」

「エレアノール王妃……」

名前だけは何度も聞いた。この国で絶世の美女と言ったらまず前の第四王妃エレアノール殿下の名があがるという。

彼女は、ダーディニアの北西部に国境を接したリーフィッドという細工物で有名な小国の公女《こうじょ》だった女性で、私の母を生んですぐに亡くなっている。

（けれど、その実像は曖昧《あいまい》だ）

あまねく美貌で知られ、晩年の先王陛下の寵愛を一心に受け、四大公爵家からのみ王妃を出すことを暗黙《あんもく》の了解《りょうかい》としていたこの国において、他国の公女でありながら、正妃《せいひ》となった。

婚姻外交《こんいんがいこう》をほとんどしないダーディニア王室において、これは類をみない一大事だ。

たとえ、外交が絡《から》んでいたとしても、ダーディニアとリーフィッドの国力差は歴然《れきぜん》としていて、配慮《はいりよ》しなければならない事情は何一つない。

そして、この方の例があったからこそユーリア妃殿下と陛下の結婚は許されたのだと誰もが言う。

「私の娘、アリエノールは、エレアノール王妃からお名前をいただきました。つけたのは陛下です」

無表情の仮面をつけたユーリア妃殿下が言う。

頭の中で、その言葉の裏を考えてみる。

エレアノールのダーディニア読みが、『アリエノール』だ。王族の姫に美貌で知られた王妃の名をあやかってつけるのは別に珍しいことではない。そして、父親が名づけるのも勿論《もちろん》普通のことだ。

けれど、王妃殿下がわざわざこんな風におっしゃるということは、普通じゃない意味があるということなのだろうか。

あえて何かがあると仮定するのであれば、そこに陛下が何らかの思い入れを持っていたということなのではないだろうか？

「陛下は、エレアノール王妃をずっと愛しているのです」

その言葉にはまったく感情が含まれていなかったけれど、王妃殿下は、わずかに視線を揺《ゆ》らした。

それが、何よりも彼女の心のうちを表しているように思えた。

陛下にとってエレアノール王妃は父王の妃……つまり、義理の母であるはずだ。

心の中でならいくら愛していても構わないけれど、ユーリア妃殿下がご存知ということは有名な話なのだろうか？

私は噂に疎《うと》いほうだからアレだけど、でも、初めて聞いた話だ。

（敬愛とかっていうニュアンスじゃないよね、王妃殿下のこの口ぶりでは）

義理の母子といえど、たいした年の差はなかったはずだ。

だって、その子供同士である私の母とナディル殿下もほとんど年齢が違わないのだから。

「エレアノール王妃の祖国リーフィッドと私の祖国ダーハルは同じくらいの国土を持つ、同じように小さな国でした。隣国《りんごく》同士であったこともあり、古くから通婚《つうこん》を繰り返していました。どちらの国も国主たる大公の配偶者《はいぐうしゃ》は互いの国から迎えるのが通例でした。……それがどういう意味かわかりますか？」

私は素直に首を横に振った。

二つの国の公家《こうけ》がどちらも何代にも渡って血を重ねてきた意味、と言われてもピンとこない。

「両大公家はとても縁が深く、どちらかの公家がその血を絶やしてしまった時は、もう一方の公家から世継《よつ》ぎを迎えるという密約があったほどの血の濃《こ》さを持つということです。……そして、私の母とエレアノール様の父君は兄妹《きょうだい》でした」

私は、王妃殿下の次の言葉を静かに待つ。

まるで凪《な》いだ海のような、静かな空間だった。

ここが聖堂だからなのかどこか厳《おごそ》かな空気の漂《ただよ》う中で、私は深呼吸を一回して、そっとコートの上から胸元《むなもと》を押さえた。

カサリと小さな紙の音がする。それだけで不思議なくらい心が落ち着いた。

「ティーエ、あなた、私の祖国のことを知っていて？」

声に、わずかに甘さがにじむ。それが望郷《ぼうきょう》の想いなのか、故郷への愛惜《あいせき》なのか私にはわからない。

「私が生まれる前に、帝国《ていこく》の侵攻《しんこう》を受け、併合《へいごう》されたと聞いています」

当時、大公として国を治めていた王妃殿下のご両親は、この時にお亡くなりになり、残された二人の妹君は帝国の後宮におさめられたと聞く。

ユーリア妃殿下は遠い眼差しで宙《ちゅう》を見つめ、そして誇《ほこ》らしげに私に言った。

「ええ、そうよ。山間の小さな小さな国だった……私は、その小さな国の、ダーハルの世継ぎ姫でした」

『ダーハル』というその名を、王妃殿下は大切そうに口にした。

「私にはまだ幼い妹が二人居て……私は長女でした」

呟《つぶや》く王妃殿下の心はこの場にはなく、不思議と安らぐ暗闇《くらやみ》の中、私達は向かい合っていながらお互いのことを見ていなかった。

王妃殿下は、殿下の記憶の中にある懐かしい祖国へと心をとばし、私はユーリア妃殿下の姿をぼんやりと視界におさめながら、ナディル殿下のことを想った。

（ナディル殿下は、きっと、このことも最初からご存知だったのだろう……）

王妃殿下のことを。そして、それ以上のことも。

（殿下は何でもご存知だから）

私はたぶん、殿下の手のひらの上でじたばたしているだけなんだろうなと思う。ちょっともやもやすることもあるのだけれど、それ以上に、じくりと胸が痛んだ。一つずつ、殿下の周囲の事情を知るたびに、殿下はお独りなのだと感じる。

（知っているということは、思い通りになるということではなくて……むしろ、どうにもならないことのほうがずっと多い……）

そして、ただ一人、高処《たかみ》にある殿下の孤独《こどく》を想った。

「父には男児がなく……でも、側室はとらなかった……母を愛していたからです。だから、長女である私はいずれ婿《むこ》をとり、女公となることが決まっていました。その為に、幼い頃から君主教育も受けていたのですよ」

ユーリア妃殿下はひっそりと笑みをこぼす。それは見たことのないような笑みで……そちらのほうがずっと美しいと思った。いつものあの笑みは、どこか怖いものを孕《はら》んでいる気がする。

「私は、自分が女公となり、ダーハルを守るのだと思っていました。その未来を疑ったことなどありませんでした」

かつて、陛下がまだ第五王子殿下であった時代、家令は王妃殿下にすべてのお伺《うかが》いをたてていたと聞いたことがある。

私はそれを聞いて不思議に思った。

その噂を教えてくれたリリアやフィル＝リンは、陛下がまったく政治や表向きのことに興味がないということの例として教えてくれたのだけれど、じゃあ、王妃殿下は何でそういった判断が……ううん、決断ができるのかなって。

私にも、王太子妃としての所領というものがある。

けれど、私は何もできていない。

本当は自分の所領のことくらい、自分で何とかしたいと思ったのだ。

真実幼かったアルティリエと違って、私は十年以上社会人経験のある大人なんだから、頑張れば何とかなるんじゃないかって。

でも、間違っていた。

最初、私は、領地を経営するということは会社の経営のようなものだと思っていた。

領主が社長で、領民が社員みたいなものなのかなって。

でも、これは全然違うことだった。似ているようでまったく違う。

極論だけど、わかりやすく言ってしまえば、社長が責任を持つのは社員のお給料で、領主が責任を持つのは領民の生活だということ。

生活……それは、よりよく生きるということ、その全て。

お給料は生活の糧《かて》の原資ではあるけれど、全てではない。

領主の決断一つ、命令一つで、民《たみ》は生き、あるいは、死ぬ。

この世界では、それが当たり前で普通のことだった。

そして、私にはそんな彼らの全てに関わる重大な決断はできなかった。

自分の決めたことで誰かが死んだり、あるいは酷《ひど》い目にあったりしたら……それでもそれが間違っていなかったのだと、それが一番良い道だったのだと胸をはって言えるほどの決断などできるはずもなく、それほどの大事を己《おのれ》で決定する覚悟もない。

でも、王妃殿下にはそれができた。

民の命を背負うことができたのだ。

つまりそれは、王妃殿下にはそれだけの覚悟と素養があったということで……その理由の一端《いったん》がわかったような気がする。

ユーリア王妃殿下は国を治める者として育てられていた……だから、今の王妃殿下がここに在《あ》る。

「私はダーハルであり、自身こそがダーハルという国そのものだと思っていました。統一帝國《ていこく》の時代からダーハルを治めてきた大公家の娘として生まれた誇り……私は少し、人よりもその誇りが強い子供で……公家の誰よりも、いいえ、民の誰よりも私こそがダーハルを愛しているのだと言って、よくお父様を困らせたものでした」

淡《あわ》い緑の瞳が更《さら》に遠くを求める。

王妃殿下の言葉に宿る熱。それが、私の中にある何かに触《ふ》れる。

何か違うと思うのに、その強い思い……熱に気圧《けお》されるような気がする。

「私はまだ幼く、愚《おろ》かで、無知で、そして、傲慢《ごうまん》でした。大公家の一の姫、世継ぎの公女として大切に育てられた私にとって、世界の中心はダーハルでした。そんなこと、あるはずがなかったのに」

泣き笑いにも似た表情。

「転機が訪れたのは、私が、花冠《かかん》の儀《ぎ》を終えて三年……そう、私の婿《むこ》探しが本格的にはじめられた頃でした」

転機……王妃殿下の運命の転換点《てんかんてん》。それは……私にもわかる。

陛下との出会い、あるいは、陛下との結婚。

「陛下が……当時は、ダーディニアの第五王子であったヴィダル殿下がダーハルを訪れたされていますが、そのどの国よりもダーディニアは特別でした」

「なぜですか？」

「周辺諸国では、ダーディニアは常に最先端《さいせんたん》を行く国として認識されています。王都アル・グレアが大学都市としての側面を持つせいでしょう。新しい技術を生み出すのは、いつもダーディニアなのです。ダーハルのような山間の田舎《いなか》の小国において、そんなダーディニアの王子殿下は、雲の上の方でした。でも、私や妹達には関係がなかった……当時既《すで》にエレアノール様はダーディニアに嫁《とつ》いでいましたが、エレアノール様のようにダーディニアに嫁ぐなんていうことが私達にあるなんて、思いもよらなかったのです」

「なぜですか？」

ユーリア妃殿下は、こんなにも美しい人だ。幼い頃はさぞ美貌の少女だったと思うのに。

「母が美しい人だったので、私も自分の容姿にはそれなりに自信がありました。でもね、そんなことは関係ないとも思っていました。王族や貴族というのは、だいたいが美しい容姿を持つものです。なぜだかわかりますか？」

「……美しい伴侶《はんりょ》を求めるから。あるいは、それが許されるから」

「ええ、そうです。つまり、そういった家では代々、美しい者の血をとりこんでゆくものですから、ある意味、美しく生まれつくのは当たり前なのです」

代々の好みでいろいろ揺らぎはあるだろうけど、それでも、遺伝要素に美形の形質が含まれ、それが重ねられてゆくのだ。美しい子供が生まれる確率は確かに高くなる。

「だから、私は自分の容姿にそれなりの自信を持ちながらも、さほどの価値があるとも思っていませんでした。何よりも……私は知っていました。大陸行路の道筋にあり、貴石を豊富に産出し、素晴《すば》らしい彫金《ちょうきん》技術で知られたリーフィッドと違い、ダーハルは農業や林業を中心産業とした田舎の小国でしかなかった。かつての地図を見れば、ダーハルとリーフィッドはどちらも面積はさほど変わらぬ小国です。が、その中身はまったく違います。何よりも、ダーディニアは婚姻外交をしない国、小国と婚姻を結ぶ必要はまったくありません。……あなたのお祖母《ばあ》さま、エレアノール妃殿下は、例外中の例外なのです」

「例外中の例外……」

でも、何かが引っかかった。

例外中の例外、そうユーリア妃殿下は言うけれど……。

(王太子殿下はそんな風に言わなかった)

エフィニア王女の話をした時に、その母であるエレアノール妃殿下のことにも少し触れたけれど、でも、そんな特別なニュアンスはまったく感じられなかった。

「それでいながら、そもそも、リーフィッド公女であるエレアノール様は生まれる前から、ダーディニアに嫁ぐことが定められていた方なのです」

「なぜですか？」

かすった、と思った。引っかかっていた何かに。

母と私……私達が陛下に例外扱《あつか》いされ、同時に私達の婚姻の特別さに共通する何らかの因子。あるいは何らかの理由と言《い》い換《か》えてもいい。

それは、たぶんこの『生まれる前からダーディニアに嫁ぐことが定められていた』というエレアノール公女からはじまっているのではないか。

(ひそかに誰もが反対しながらも定められていた婚約通りに結婚した母と、生後一年もたたずに同じようにナディル殿下と婚姻した私……)

私たちの婚姻は最初から『定められている』のだ。

「……エレアノール様の母君が、エルゼヴェルトの姫君だったからです」

「エルゼヴェルト……」

「ええ、そう。……あなたの生家です、ティーエ」

エルゼヴェルト。その名がここに出てきたことに少し驚き、そして納得もした。

私の生家……王家のスペアと陰で呼ばれることもある東のエルゼヴェルト公爵家。

「細かい事情は別として、エレアノール公女がダーディニア王家に嫁いだことは、四大公爵家の姫でなくとも王妃になれるという一つの先例を作りました。実際にはこれはまったくそんなことはなかったのですが」

ダーディニアの婚姻政策というのはとても特殊《とくしゅ》だ。

特に特徴的《とくちょうてき》なのは、王女はまず国外に嫁がないということ。そして、王の妃はエレアノール王妃殿下、ユーリア王妃殿下という二人の例外をのぞけば必ず国内から……それも、四大公爵家から求めていること。

けれども王妃殿下の言葉の意味を考えると、エレアノール王妃は例外として考えるものではないような気がする。

「エレアノール様の肩書きはリーフィッド公女ですが、実質的にはエルゼヴェルト公爵家の姫の扱いだったのですから」

私はその言葉にうなづく。何となくいろんなことがのみこめた気がした。

ユーリア妃殿下だけが真実の例外なのだ。

「エレアノール王妃の例があったから、私が第五王子の妃になることが許されました……私は四大公爵家の血など欠片《かけら》もひいておりませんでしたが、当時の陛下は王位継承権《けいしょうけん》とは無縁《むえん》になるはずでしたからそのほうが多くの人に都合が良かったのです」

ユーリア妃殿下の穏やかな様子が、不意に硬質《こうしつ》な空気を帯びた。

「……でも、許されずとも良かったのです。前例など、なければよかった！」

その声が、叫《さけ》びにも似た響きに変わる。

「私は、ダーディニアの王子の妃になどなりたくなかった。私はダーハルの女公となって、ダーハルを守りたかった。……ねえ、知っていて？　ダーハルが失われた時、ある人はね、私に言ったのよ。『ユーリア妃殿下は最高の幸運をお持ちだわ』ってね」

王妃殿下は、その秀麗《しゅうれい》な面《おもて》に、自嘲《じちょう》にも似た笑みを閃《ひらめ》かせた。

「何が幸運なの？　他国に嫁いでいた私だけが生き残ったこと？　大国の王子の妃になったこと？　それとも、夫となった人が国王になったこと？　私が産んだ子供が稀代《きたい》の天才と言われるほどに頭が良かったこと？　そのせいで王妃になれたこと？　……どれ一つをとっても、私が望んだことなんてなかったわ。私が望んだことなんて一つも叶《かな》わなかった!!」

「ユーリア妃殿下……」

感情が迸《ほとばし》る。抑えようとしても抑えきれないもの。激情にも似た何か。

王妃殿下の背後にゆらりと立ち上る青白い陽炎《かげろう》が見えたような気がした。

「……ダーハルの公宮で開かれた歓迎《かんげい》の宴《うたげ》の時に、宴の主役たるヴィダル王子は、私に目を留《と》めました。吟遊詩人《ぎんゆうしじん》の歌では、王子が私に一目で恋をしたということになっています。でも、そんなことはまったくなかった。だって、ヴィダル殿下は……陛下は、最初から私を見る為に、ダーハルにやってきたのですから」

私は意味がわからなくて首を傾げる。

「でも、私はそれを知らなかった。そして、知らぬまま、ヴィダル殿下に淡い思いを抱き

さえもしたのです……でもね、それは微熱《びねつ》のようなもので、子供が絵本の中の王子様に憧《あこが》れるのと変わりがないものだった……だって、私はダーハルの世継ぎだったのです。それ以上に大切なものなんてなかった」

王妃殿下の祖国への思いは充分すぎるほどわかった。

理解できたとは言わないけれど、私があちらの世界に対して抱《いだ》く思いと少し似ているところがある。

でも、私なんかよりももっとずっと激しいもので、私は少し怖かった。

こんな熱は、私の中にはない。私はこんな風に、何かを愛したことがない。

この胸に抱くナディル殿下への想いは確かな熱を持つけれど、もっと柔らかな……思い出すだけで思わず赤面してしまうような、優しくて恥ずかしくてくすぐったい……そういうものだ。

こんな、まるで伝染《でんせん》しそうな熱い何かを、私はもっていない。

「陛下のことを、お厭《いと》いですか？」

「いいえ……いいえ」

妃殿下は激しく首を横に振った。

「淡いものではありましたが、私は確かにヴィダル殿下に恋をして……そして、一番大切なことすら、どうでも良いと思った瞬間《しゅんかん》があったのです。ヴィダル殿下はとてもお優しかった……だから、殿下に求婚《きゅうこん》されたとき、私は嬉しかった。婚姻を結ぶのは無理だとわかっていましたが、そう言っていただけたことがただ嬉しかった」

妃になどなりたくなかったと叫ぶ一方で、求婚されたことが嬉しかったとユーリア妃殿下は言う。

その明らかな矛盾。

でも、たぶん、どちらも本当だ。

王妃殿下の言葉はどちらも嘘《うそ》ではなく、だからこそ、取り戻せない過去を後悔《こうかい》し、選ばなかった未来を思って現在から目をそむけようとする。

（けれども……本当はわかっているはずだ）

「『私は婿をとり、国を継《つ》がねばならない身の上ですから殿下の妃にはなれませんが、嬉しかったです』と、そうお伝えする練習までして……私は確かにヴィダル殿下にそう申し上げました――――けれど、それはなかったことにされたのです」

「なかったこととはどういう意味ですか？」

「殿下は、断られることなど思ってもみなかったようでした。そして、笑って私におっしゃったの。『ユーリア、貴女はよくわかっていないのかもしれないが、私が望み、我《わ》が父がそれを了承《りょうしょう》した以上、これは決定事項《じこう》なのですよ』と。そして、私がお断りを申し上げたという事実はなくなりました」

「…………」

「私は意味がわかりませんでした。……でも、結果は確かに殿下のおっしゃった通りだった。お断りしたはずなのに、翌日には私が殿下に嫁ぐということは決定事項となっていました。嫌だという私の言葉を誰も聞かなかった……むしろ、そのたびに言われたものです。『ご冗談《じようだん》を』と」

想像がついた。

人は自分を基準に物事を判断しがちだ。そして、自分がそう思ったからというだけで他人もまた同じように思うものだと思っている。

「ご家族も同じようにおっしゃられたのですか？」

「いいえ。父はちゃんと私の言葉を聞いてくれました。でも、だからといって結果が変わるわけではなかった。……父は、私に聞き分けてくれるように言いました。ダーディニアに睨まれては、ダーハルのような小国はひとたまりもないのだから、と」

確かにその通りだ。

ダーディニアは大陸有数の大国の一つだ。その国力も、その国土の広さも桁違《けたちが》いであり、何よりも、ダーディニアの軍の強さは大陸に鳴《な》り響《ひび》いていた。

後に帝国に攻《せ》められたダーハルがたった三日で陥落《かんらく》したことを考えれば、お父上のその言葉は当然だっただろう。

「私は訴《うった》えました。世継ぎの公女なのだから外の国に嫁ぐなんてできないと……でも、父は言ったのです。ダーハルを継ぐのは妹達でもできる、ダーディニアの王子の妃となって、内からではなく外からダーハルを守ることができるのはおまえだけなのだ、と。だから、聞き分けてくれと。……私はうなづきました。……今だから言えることですが、結局のところ、私は理由を探していただけなのです。女公となるはずの私が、初恋の人の元に、嫁ぐための理由を」

そして、私はヴィダル殿下の妃となりました、と王妃殿下は自嘲気味《じちょうぎみ》に笑った。

「そんな風に嫁いだにも関わらず、私は祖国を救うことができませんでした。外から守ってほしいと父が言ったのにも関わらず、私は何一つ祖国の為に役立つことができなかった……」

その笑みが自嘲に見えたのは、その先に起こったことを私が知っているからだろうか。

きっと、この先どんなに優しく微笑まれたとしても、もう私はこの人が、ただの穏やかな……慈愛の人だとは思わないだろう。

「嫁いだ当初は幸せでした……私は、なぜ殿下が私にそんなにも執着《しゅうちゃく》されたのかを知りませんでしたから」

「執着、ですか？」

「ええ。……私の絶望は、殿下の執着の理由を知ったときに始まったのです」

「……それは、陛下を愛しているからですか？」

『愛』だなんて口にするだけで気恥《きは》ずかしくなる言葉だけれど、ほかにどう言っていいかわからなかった。だって、ユーリア妃殿下の中にあるのは、好きとか嫌いとかで線引きのできるような想いではないのだ。甘さも辛《つら》さも苦さも……それからドロドロとした薄暗い感情も……すべてをのみこんであらわすとしたら他に言いようがなかった。

私の言葉にユーリア妃殿下は、ああ、とこらえきれなかった嘆息《たんそく》を漏らす。

「あなたはどこまで知っているの？　ティーエ」

私に向けられた眼差しには、何もなかった。

慈愛も、敵意も、挑むような鋭《するど》さも何もなかった。

ただ、何もかもを諦めた女がそこにいた。

「私が知っていることなんて多くはないです。だって、私、覚えていないのですから」

私は内心のさまざまな思いを押し殺して、にっこりと笑ってみせた。

無邪気《むじゃき》に、そして、誰よりも美しく見えるように。

それこそが、私の武器なのだと、今の私は理解していたから。

「……随分と王子の妃らしくなったのですね」

私の笑みに、ユーリア妃殿下は目を軽く見開いて、そして笑みを滲《にじ》ませる。

「ナディル様の妻ですから」

あえて名を呼んだのは、私の見栄と強がりからだ。正直この幼さでは失笑《しっしょう》ものだけど、でも、私は胸を張る。

王太子殿下の唯一の妃であることが、私の誇りだ。

「……そうね」

もっとも、ナディル殿下が目の前にいたらこんな風には言えない。言えるはずがない。恥ずかしさで悶絶《もんぜつ》する。

「王妃殿下は、陛下が王妃殿下をエレアノール公女の身代わりとして求めたとお考えなのですね」

「ええ」

即答《そくとう》だった。ユーリア妃殿下の中で、それはゆるぎない真実なのだろう。

(真実は、人によって形をかえる)

それぞれに見る角度が違うから。

「私とエレアノール公女はよく似ていると評判でした。……姿形以上に声がよく似ているのだと……陛下は何度かそうおっしゃり……一時期、私をエレアノール様の愛称《あいしょう》でお呼びになっていたのですよ」

王妃殿下は微笑んだ。

諦めたような……それでいて諦めきれぬような、曖昧な笑み。

「……愛称……」

「ええ」

妻を他の女の愛称で呼び、更には娘にその女の名前をつけるというのは、やはり普通ではないように思う。

「皆は私が一番の寵愛を受けていると言いますが、陛下が真実愛しているのはエレアノール様お一人だけです。だから、その血をひくエフィニア姫……ひいては、貴女に執着される」

ユーリア妃殿下の眼差しが、私を貫《つらぬ》いた。

私の背後に、母や、あるいは母を産んだエレアノール妃の姿を求めるかのように。

「だから、私はあなたが嫌いなのよ、ティーエ」

甘い甘い声音でユーリア妃殿下に告げる。

私はどう答えていいかわからなかった。でも、王妃殿下は答えを求めていたわけではないのだろう。遠い眼差しを宙に向け、そして続けた。

「私は陛下を愛するのと同じようにこの国を愛し、同時に、陛下を憎むようにこの国を憎んでいます。私を王妃にしてくれたこの国が大切で、けれども、私の祖国を救ってくれなかったこの国などどうなってしまってもいいと思うのです」

熱を帯びたその声は、どこまでも静かで……王妃殿下の瞳は、ぼんやりとさまよう。

「仁慈《じんじ》の国母よ、慈愛の王妃よ、と褒《ほ》めたたえられても、本当はそんな存在でないことを私が一番良く知っています。なのに、取《と》り繕《つくろ》うことを止められず、王妃であることに固執《こしつ》する……そうすれば、陛下の御心が手にはいるのではないかと、今でもそう思ってしまう己の愚かしさ、浅ましさに身震《みぶる》いがします」

もう、自分でも自分がよくわからないの、とユーリア妃殿下は笑んだ。

私は口にしようかどうかを躊躇いながら、口を開いた。

「……矛盾は、誰の中にでもありますから」

これは何も王妃殿下のことばかりではない。

だって、犯人を見つけて法廷《ほうてい》に送り込むのだと固く決意したのは、ほんの二月《ふたつき》足らず前のことでしかないのに、今の私にその気は皆無《かいむ》だ。

心変わりが早すぎと責められても仕方がないのだけれど、でも仕方がない。

それが不可能だということもあるのだけれど、全ての罪を問うとしたら、ユーリア妃殿下だけではなくナディル殿下にもまた大きな罪があることになるのだ。

（殿下は、ご存知だったのだから……）

殿下が知らなかったとは思わない。

買いかぶりすぎというのではなく、なぜ殿下があれほどまでに重ねて誰にもついていかないようにと言ったのか、それは背後に身内が……アルティリエがそうせざるをえない自身の血族がいることをご存知だったからだ。

「大人びた口をきくようになったこと」

「……お褒めの言葉としてうけとっておきます」

最近、自分でも忘れそうだけど、これでも精神年齢は見た目の倍以上だから！


ゆらりと常夜灯の光が揺れる。

私はぼんやりとそれを眺めながら、リリアと猊下は会えただろうかと考える。

きっと猊下はリリアに怒られているだろうし、たぶん拳骨《げんこつ》を喰《く》らっているだろう。でももしかしたら、運よく平手くらいで済んだかも。

あの二人は何となく姉弟《きょうだい》みたいな感じで、圧倒的《あっとうてき》にリリアの立場が強い。

「……あの娘の母親であるマリアは、私が輿入れをした時に共にダーハルから来ました」

ユーリア妃殿下が口を開く。あの娘というのはエルルーシアのことだろう、と察した私は無言でうなづき、その言葉に耳を傾《かたむ》けた。

かすかに熱のこもる声音は、しっかりと私の耳に王妃殿下の意思を伝える。

「マリアと私は乳姉妹《ちきょうだい》です。マリアは、私が王太子を……当時はただの公子にすぎませんでしたが……産んですぐの頃に、後妻ではありましたが望まれて北部のイケア子爵家《ししゃくけ》に嫁ぎました。王家が国家間の政略結婚をほとんどしないこの国では、国をまたいでの婚姻はそれほど多くはありません。それぞれの地方が一つの国と言っていいほどに広い国土を持つこの国では、国内貴族同士の婚姻相手に困らないということもありますが、結局のところそれほど歓迎されていないということなのでしょう」

王家が婚姻相手を異国に求めることがまずないから、貴族達もまたそれに倣《なら》う。

その源《ルーツ》は何なのか、いろいろ考えてみたけれどわからなかった。

でも、それはたぶん、ダーディニアの王家とエルゼヴェルト公爵家を結ぶ……共通の血の秘密だ。エルゼヴェルトがなぜ筆頭公爵家なのか、そして、王女の降嫁《こうか》がエルゼヴェルトに多い理由、第一王妃がほとんどエルゼヴェルト公爵家から嫁ぐのもそのあたりに由来するのだろう。

(そして、それもまた、おそらくはこの今の状況の原因の一つなのだ)

「イケア子爵家は小身ではありますが世襲《せしゅう》貴族の家柄《いえがら》です。そして、先妻の子がすでに嫡子《ちゃくし》として在《あ》りました。マリアはそれは苦労したと思います。時々くれる文にはそんなことはまったく書いていませんでしたが、我が身を考えても容易に想像がつきます。……それでも、望み、望まれて嫁いだのです。幸せなのだろうと思っていました」

妃殿下はそこで息をつき、自分の裡《うち》から言葉を捜すかのようにそっと目を閉じる。

「幸せでは、なかった、と？　妃殿下の乳姉妹であったことを利用されたのですか？」

「いいえ、私には利用できるほどの何かはありませんでした」

首を振る。

「利用するためだったのならばまだマシだったのだと思います……少なくとも、それであれば私が妃であるうちは形ばかりであっても尊重されたでしょうから」

王妃殿下の乳姉妹がどれだけの影響《えいきょう》を及ぼせるのかはわからない。ただ、乳《ち》兄弟《きょうだい》というものは時として実の兄弟にも匹敵《ひってき》するほどの絆《きずな》を持つのだ。リリアとシオン猊下などはその典型的な例のように思える。

「当時、陛下はまだ臣籍降下《しんせきこうか》を待つばかりの王子殿下でしかなく、私もまたその妃でしかなかった。元々、政治的なことに関わることをお嫌いになる陛下です。その妃の乳姉妹になんて利用価値など、ほとんどなかったでしょう。……だから、当初は純粋に愛されて望まれていたはずです。少なくとも、子爵本人には」

周囲はそうではなかっただろう、という言外の意を私はちゃんと聞き取る。

この国は、正統な血筋に重きをおいている。

陛下がどれほど王になりたくないと思っていても、その継承順位を無視することができなかったように、それは絶対だ。

「あの娘が生まれてすぐに、先妻の産んだ子が亡くなりました。五日熱《いつかねつ》でした。……当時、五日熱は原因不明の病《やまい》だったのです。今でこそ、だいぶいろいろなことがわかってきましたが、治療《ちりょう》方法も予防方法もなく、ただ神に祈ることしかできなかった……かかってしまったら、まず助からない病でした。そのことで、マリアは随分と責められたようでした。マリア自身が看病をしていたのに熱を出すこともなく、病におかされなかったことも責められる原因の一つだったとか……とはいえ、私はずっとそんなことは知りませんでした」

王妃殿下はやや自嘲気味に笑う。

「私は私で、陛下の御心に不安を抱き、眠れない日々が続いていましたから。……強引に望んで妻にされたことを、あるいは、傍《そば》近くで常に強く求められることを、愛されていると思っていられたのなら良かったのかもしれません」

でも、私は自分をごまかしきることができなかったのです。と、王妃殿下は言う。

「そんな私が、マリアの力になることなどできようはずもなく、私が知らぬ間に、マリアと子爵との結婚はなかったことにされました。……私がお断りした言葉がなかったことにされたように」

「なかったことに？」

「ええ」

ああ、と納得する。私の中にはエルルーシアが子爵令嬢《れいじょう》であるという情報がない。

調べてもらった範囲でもそんな事実は出ていない。それはユーリア妃殿下の言うようになかったことにされているからなのだろう。

「子爵はマリアとエルルーシアを追い出し、レナン伯爵家《はくしやくけ》の出戻《でもど》った娘を後妻にしました。せめて普通に離婚《りこん》すれば良いものを、小国の貴族の血をひく娘など正式な娘と認めぬとばかりに『なかったこと』にしたのです」

「それは……」

「ええ、遡及《そきゆう》婚姻までする念の入れようでした」

遡及婚姻とは、婚姻日を子供が生まれる前の過去に設定し、そこから正式に婚姻していたと聖堂が認めることだ。これは遡《さかのぼ》って嫡子認定する為の手段のひとつで、私の父のエルゼヴェルト公爵もできることならばそれをしたかっただろう。

けれど、条件がそろっていた上で、よほどのことがないとそんな無茶が通るはずがない。公爵は条件がだめで認められなかった。でも、イケア子爵は、そのよほどのことをしたのだ。そうまでして異国の血を嫌ったのだろうか？

私は、これまでダーディニアでそこまでの他国に対する排他性《はいたせい》を感じたことはなかったのだけれど、これからは少し認識を改めなければならないのかもしれない。

「北部諸侯《しよこう》は保守的な傾向《けいこう》がありますが、そんなことまで考えるのはそのごく一部の傾向にすぎません。そもそも、マリアは世継ぎの公女であった私の側近となるはずだったのです。もちろん身元もしっかりしています。ですが、この国では、ダーハルのような小国の貴族の娘といったところで何の価値もなかったのでしょう。もちろん、異国の血を嫌ったというだけでなくほかにもいろいろな要因はあったのでしょうが、子爵がマリアとエルルーシアを捨て、更には踏《ふ》みにじるような真似《まね》までしたことにかわりはありません」

確かに。本当にひどいやりようだと思う。

遡及婚姻までして、子供を否定する……それは、エルルーシアの心にどんなに影を落としただろう。

「その事実を知った私は憤《いきどお》り、でも、何もできなかった……私にできたのは、マリアを再び私の女官として引き立て、あの娘を小間使いとすることでその暮らし向きの手助けをすることくらいでした。私には、マリアのおかれた立場をよくしてやることも、彼女の名誉《めいよ》を回復してやることもできなかった……」

ぎり、と王妃殿下は拳《こぶし》を握《にぎ》り締《し》める。

「でも、幸いなことにそんなマリアにも再び春が巡《めぐ》ってきました。マリアに求婚する男が現れたのです」

エルルーシアは庶子《しょし》ではなかった。庶子だったら、たぶん私の侍女にはなれない。彼女はれっきとした北部の下級貴族の娘だったのだ。

だとすれば、わざわざエルルーシアを実子とするために逆にマリアと遡及婚姻までした相手がいたのだ。

「当初、マリアは決して彼の求婚にうなづこうとしませんでした。当然です。とてもひどい目に遭ったのですから。けれど彼はあきらめず……やがて、マリアもうなづきました。新たにマリアの夫となったのは、後に王太子の侍従武官《じじゅうぶかん》となったドラス準男爵《じゅんだんしゃく》です」

ドラス準男爵は、ナディル殿下の立太子後につけられた武官の一人だ。名前だけなら私もよく知っている。顔はわからない。

「彼は北部の貧しい騎士《きし》の家に生まれ、剣の腕をかわれてその地位にまで上《のぼ》り詰《つ》めました。不器用ではありましたが、恐《おそ》ろしげな見た目に反してやさしい男でした。エルルーシアを庶子にしない為にと遡及婚姻までしてくれた男をマリアは愛し、エルルーシアもとても懐きました。……私は、神はいるのだと、不幸はそのままであることはないのだと嬉しく思いました。彼らが幸せに暮らせるよう、私は祈りました」

捨てる神あれば拾う神あり、といったところだろうか。

私もまた、エルルーシアの為にその幸いを嬉しく思った。過去のことではあったけれど。

それから、深呼吸を一回する。

夜のひんやりした空気を肺にいれると、少しだけ冷静になれるような気がした。

舌で唇を湿《しめ》して口を開く。

「幸せになったことをそんなにも喜んだ方が、その娘に、なぜ毒を渡したのですか？

……そんなにも私を、殺したかったのですか？」

私はまっすぐに妃殿下を見つめる。

何一つ見逃《みのが》さぬように。

「いいえ」

妃殿下は首を横に振る。この国では珍しい黒髪が揺れる。

「私は……鳥籠《とりかご》の扉を開けるように命じたり、あなたの茶器を割るように言ったことはありましたが、それだけです……毒など与《あた》えたことはありません。どれも、罪に問われるようなことではないでしょう？」

驚くほどあっさりと王妃殿下は自分がしたことを告げた。

些細《ささい》なことばかりだから、と思っているのだろう。確かに一つ一つをあげればたいしたことはないし、何らかの罪に問えるようなものでもない。

王妃殿下が、ほんのちょっとしたいたずらなのよ、と言えばそれで済んでしまうようなその程度のものである。

（ただ、やられるほうはたまったもんじゃないんだけど……）

けれど、それらが複合して……延々と続いたら……しかも、その黒幕が保護者といってもいい存在の一人だったとすれば、アルティリエが人形になったのも無理はないだろう。

大事にされる傍ら、大切なものを壊される。自身に直接何かされるよりも大切なものを失《な》くすほうが、心にはキツいことがある。

（ナディル様が、自分にあまり関心がなかったことも知っていただろうし……）

助けはない、と思ったかもしれない。あるいは、いつかはナディル様が助けてくれるかもという希望があったかもしれない。

でも、終わりのない嫌がらせを思うと、ため息しかでてこない。

「生きてさえいれば良いとお考えだったのですか？」

「……さあ」

先ほど自身でも言っていた通り、たぶん、王妃殿下にもわからないのだろう。

相反する思いはどちらも同じだけの強さを持ち、ユーリア妃殿下の心を揺らす。

ふ、と祭壇の方からどこか苦味を帯びた甘い匂《にお》いが強く香《かお》ってきて、私は軽く顔をしかめた。私はこの香りが、あまり好きではない。

「……ティーエ、今のあなたはそれを知ってどうするのかしら？」

ユーリア妃殿下は、艶《あで》やかな笑みを浮かべる。

（……あ……）

一瞬の変貌《へんぼう》だった。

目を見張るような劇的な変化……鮮《あざ》やかに空気の色が塗《ぬ》り替《か》わった。

目の前にいるのは、先ほどまでのひっそりとしおれた風情《ふぜい》の女性ではない。

その瞳には強い意志が宿り、またあの慈愛の笑みの仮面をつけている。

（いつもの、王妃殿下に戻った……）

「先ほども申し上げたとおり、知りたかっただけですから」

私は、なぜ私が私になったのかを知りたいだけだった。

すべてではなくとも、自分で納得できるだけの真実が欲しい。

（殿下の隣に、己の足で立つために）

「……エルルーシアを私の侍女に望んだのは妃殿下ですか？」

「いいえ」

「そう、ですか」

おぼろげにパズルがつながりはじめていた。

はっきりと断言はできないし、それがすべてではないのだけれど、徐々《じょじょ》に見えてきたものがある。

「ティーエ、あなたは何者なのですか？」

一瞬、どきりとした。

「私は……」

何と答えればいいのかと思いながら、結局口に出せたのは一つだけだ。

「私は、ナディル殿下の妃です」

問いの答えではないような気もしたけれど、他の答えを私はもたなかった。

口に出すと少しだけ恥ずかしいように思えたけれど、でも、それ以上に嬉しかった。

自分がそう言い切れることが単純に嬉しい。

「そういうことではなく……記憶喪失《そうしつ》になってからのあなたはまるで別人のようだわ」

「別人ですから」

私はできうるかぎり、柔らかな笑みを浮かべる。

「あの冬の湖で、私は一度死にました。ここにいるのは、以前の私ではないのです」

心の底から真実を述べているつもりだけれど、たぶん、私の思う意味では伝わっていないだろう。

(別人というか、生まれ変わりだと思うけど……)

「……王太子を愛しているのね」

ユーリア妃殿下は不思議な笑みを浮かべる。

それはすごく既視感《きしかん》のある笑みだ。

(……その生温《なまぬる》い笑みはやーめーてー!!!)

表情筋がちゃんとポーカーフェイスをつくれているか、初めて自信がなくなった。

(あ、愛してるって、愛してるって……)

そんなこっぱずかしい単語、口にできるはずがない。

いや、他人のことならいくらでも言える。でも、自分は無理。そんなの絶対に無理。

だいたい、今のこの流れで何がどうしてそういうことになったの⁉

でも、ここで真っ赤になって口ごもるのは下策中の下策《げさくちゅうのげさく》だ。

(笑え、私！)

「はい」

私はできるだけ、優雅に見えるよう微笑んでうなづいてみせた。

ユーリア妃殿下が驚いたように目を見張る。

それ以上は何も言わない。

ただ、笑顔だけを見せる。

人形姫と呼ばれた少女の満面の笑みは、何を言うよりも雄弁《ゆうべん》に語るだろう。

「私は、あなたを殺したいと思ったことは一度もありません。あなたの母君も、あなたの祖母君もです」

「では、なぜ、こんなことを？」

答えてくれるとは思わなかったけれど、私は問うた。

殺そうとしたほうが王妃殿下ではないとする。でも、延々《えんえん》と続く一連の嫌がらせや、人死《ひとじ》にや、その他のさまざまなことに、この方は間違いなく関わっていたのだ。

「さあ……」

それから、ユーリア妃殿下は綺麗に笑った。

「私が殺したいと思ったのは、この世にたった一人だけ……」

謳《うた》うような響き。

(それは、たぶん……)

「陛下だけです」

王妃殿下の声が静かに響く。

(……だよね)

私を嫌いだとおっしゃる王妃殿下だけれど、その嫌いという感情ですらそれほどの重さはない。そんな王妃殿下がここまでの強い感情を抱く方が他にいるはずがない。

誰よりも愛し、同時に、誰よりも憎む。

それはこの国に対するユーリア妃殿下のお気持ちそのものだ。きっとそれらは不可分のものなのだろう。

そして、王妃殿下は私に告げた。

「そろそろ戻ります」

聞きたかったことがすべて聞けたわけではないけれど、引き止めようとは思わなかった。

リリアが戻ったのならば、今夜はもうそれでいいと思えた。

吐く息が白く、室温がかなり下がっていることがわかる。もしかしたら、また雪が降りはじめたのかもしれない。

「……お気を付けて」

何と言うべきか、ふさわしい言葉を見つけられなかった。

おかしいのはわかっているんだけど。

「それは、私よりもあなたの方だわ」

ユーリア妃殿下がおかしげに言う。

ええ、私もそう思います。

「……ティーエ」

扉のところで、王妃殿下が振り返った。

「はい」

私は小さく首を傾げる。

「あなたがそう呼ばれるようになってから、私はそう呼ばれなくなったの」

「!!」

思わず大きく目を見開いた。

「……それはね、エレアノール様の愛称《あいしょう》なのよ」

その言葉を口にしたユーリア妃殿下の表情がどんなものだったのか、私の目には見えなかった。

（……ああ……）

全身に理解が広がる。

だからなのだ、と納得した。

だから、そう呼ばれるたびに嫌な気分がしたのだ。

扉の隙間《すきま》から光が射し込み、その眩《まぶ》しさに目を細めている間に、王妃殿下は出ていった。

私は深く深くため息をつき、そして、祭壇に目をやる。

「そうなのですか？」

答えはなく、けれども、祭壇の陰《かげ》から人影《ひとかげ》が現れた。

長い長い夜だ、と思いながら、私は再びそっと胸元を押さえる。カサリと音を立てるその感触《かんしょく》が、私の気持ちを奮《ふる》い立たせた。

自分が無力であることを、私は知っている。

和泉麻耶《いずみ》として生きていた頃も、そして、アルティリエとして目覚めてからも。

アルティリエである現在の方が、無力感を噛《か》み締《し》めることは多いかもしれない。

王太子妃という誰もが羨《うらや》んでやまぬだろう高位にある身は、実はがんじがらめの鳥籠の中にあり、結婚十二年になる夫に会いたい時に会うことすら、ままならない。

「いつから気付いていたのかね」

静かな静かな声だった。

暗いところから出てきたせいで明かりがまぶしいのだろう。額に手をやって、目を細める。穏やかなご様子だけれど、こちらに戻ってからお会いした時とはまったく違う方のように見えた。

いや、これもまたこの方の一面ではあるのだろう。人は、さまざまな貌《かお》を持つ。向ける貌は相手によって違えば、その時々によっても変わるのだ。

「さあ……いつから、というのならば、憶《おぼ》えてはおりませんが、もうずっと以前からだったように思います。確信したのは、こちらに戻ってからですが……」

言葉を選びながら答える。そこにはいろいろな意味がこめられている。

アルティリエはたぶん知っていた。

今の私はおぼえていないけれど、でも、何となくわかっていた。

複雑にもつれ合った事柄《ことがら》のその中心にいるのはこの方なのだと——この方以外には、ありえないのだと。

幾つもの出来事があり、そこからまた新たな出来事が派生し、それらがまるで重なりあう波紋のように互いに影響を及ぼしあい、今がある。

（まるで、どしゃぶりの雨の日の、庭の池の水面のような……）

その池がどんな色をしていたのか、今は誰も知らない。


私は、目の前の方に視線を向ける。

いつもの豪奢《ごうしゃ》さとはまるで違う簡素な服装だった。

刺繍《ししゆう》や飾《かざ》りはほとんどない。白いシャツと黒革のパンツ、兵士の支給品のような黒のブーツに毛皮の裏打ちがされた黒のマント……こういうありふれた格好をなさると、普段が普段なだけに、よほどでない限りこの方だと気付かないだろう。

（推理小説風に言うなら、〝黒幕〟なわけだけど……）

予想はしていたけど、でも、やはり目の前でそれを直《じか》に確認し、こうして対峙《たいじ》していると、何だか驚きを通り越してうまく考えることができない。

（正直、私にできることはない）

この方を裁く法はなく、関わったすべての者に罪があるのだとすれば、罰《ばつ》することができる者はなく、何を罰すれば良いのかもわからない。

（ただ……私が知りたいだけで）

何を意図したものが始まりだったのかは知らない。が、結果として生み出された孤独と絶望こそが、あの冬の湖でアルティリエを貫く刃《やいば》となった。

（だから、私がここにいる……）

そのことを思うと、いつも意識がどこかに吸《す》い込《こ》まれそうな……不思議な心地がする。

「そういう意味ではない。いや、そういう意味であっても構わないのだが……」

見つめられて、まっすぐとその視線に応える。

私は不思議なくらい落ち着いていた。

冷静というか、感情がすごくフラットだった。今なら何を言われても動じないでいられる気がする。

「……陛下がこの場にいらっしゃることを、ということでしたら、妃殿下とのお話の途《と》中《ちゅう》からです」

「気配を断っていたつもりだったのに」

気付かれていたとは、と呟きを漏らす。

私はゆっくりと立ち上がって、陛下に対する礼をとった。

普通の聖堂の信徒席ならば、並べられた椅子の間のスペースが狭いのでその場で礼をとることはできないけれど、ここは王太子宮に付属している聖堂だ。今の流行ではないが、当時の儀《ぎ》礼《れい》用のガウンは、パニエで思いっきりスカートがドーム状になっていたので、そういう場合でも大丈夫なように空間がゆったりととられている。だから今、この場で礼をとってても不自由はまったくない。

「この場での儀礼は滑稽《こっけい》だと思わないかい、ティーエ」

ティーエというその呼び名にこめられるどこかねっとりとした甘い響き。

耳にするたびに、なぜか背筋が震《ふる》え、いつもひどく落ち着かない気がしていた。

(それは、そう呼ぶのがこの方だから……)

そして、たぶんその呼び名に対するこの方の思い入れを……その理由をアルティリエが知っていたからだ。

「はい、陛下。ですが、礼をとらずとも良い理由もありませんので」

「礼は不要だ。楽にしなさい」

その言葉に、私は顔をあげる。

すべての事件の元凶《げんきょう》がこの方にあるのだと理解しているけれど、二人きりでこう対峙していても、それほど怖いとは思わなかった。心が震えてもいなかった。

でも、実はそれは麻痺《まひ》してしまっているだけなのかもしれない。

「私がここにいることを不思議に思わないのだね、ティーエ」

胸元にぎゅっと握り締めた拳《こぶし》を押し付ける。

「この聖堂は、この席ともう二列後ろの席まではアルセイ=ネイの建築物なのだと聞いていましたし……ネイのからくりについては、私、だいぶ詳《くわ》しいのです」

この聖堂に隠し通路の出入り口がある。具体的に言うならば、祭壇の裏側。陛下はそこを利用したのだろう。

もしかしたら、シオン猊下もご存知だったのかもしれない。猊下は西宮に仕えている者でも知らないような詳細《しょうさい》をご存知だった。

(王子であったからご存知なのか、それとも、大司教《だいしきょう》だからなのか……)

私はナディル殿下から教えていただいた。

宮の所有者である殿下は当然ご存知だった。そもそも、殿下はこの王宮遺跡《いせき》の研究の責任者でもあるのだから、おそらく誰よりも詳しい。

そのことを口にすれば生ぬるく微笑まれそうな気がして、シオン猊下の前ではそれほど知らないフリをしていたけれど、私はネイについてちょっとした学者見習いくらいには詳しいのだ。

(主に殿下のせいで……)

朝のお茶の時に話題にしたのが、運の尽《つ》きだった。

たぶん、それについて語ったら日が暮れる。

簡単に説明すると、ダーディニアの王宮の地下は迷宮《めいきゅう》なのだ。そしてそれは、統一帝國時代の遺跡である。

この王宮は、単に遺跡の上に建っているというだけではなく、全貌《ぜんぼう》は未《いま》だ明らかではないけれど、その遺跡をも組み込んだ仕掛《しか》けが幾つもある、大陸でも他に類をみない希少な建築物なのだそうだ。

アルセイ＝ネイは、なぜか遺跡についてもよく知っていた。遺跡そのものを、というよりは、遺跡に利用された技術についてとても詳しかったらしい。

ネイ以降、失われた統一帝國時代の技術は、再び喪《うしな》われたという。

「それに、お好みの紙巻の香《かお》りがしましたから」

独特の甘苦いその香りは、陛下のお好みの紙巻煙草《たばこ》の香りだった。

ユーリア妃殿下もきっと気付かれただろう。

(だから、気持ちを立て直せた……)

それはオリジナルブレンドで、お手元にいつもあることと、それほど高価ではなく褒美《ほうび》として気軽に下げ渡せる為、御下賜品《ごかしひん》となることの多い品だ。

思えば、私が私として目覚めたその時も、かすかにこの香りがしていたような気がする。別にその場に香りが残っていたというわけではなかった。ただ、直前に嗅《か》いだそれの印象が強く焼きついていたのだと思う。

(……たぶん、犯人がその香りをさせていたから)

だから、目覚めて以降、この香りに気付くたびに身体が竦《すく》むような……理由のない焦《しょう》燥感《そうかん》に脅《おびや》かされるような気がしてならなかった。

これは、最初は自分でも理由がよくわかっていなかったけれど、少しずつアルティリエのことを知るたびに、わかってきたことの一つだ。

とはいえ、陛下ご自身が手を下したとは思わないけれど。

「余でなくとも、余の周囲の人間ならば喫《す》っていてもおかしくないだろう」

陛下は少しおかしげな表情で言う。

「ええ。本宮にいる者ならば手に入れること自体は難しくないでしょう。ですが、陛下からいただいた品に、しかもこのような場所で火をつける者はいないと思いました」

仮にも国王陛下にいただいた品を、聖堂の暗がりに隠れている最中に喫ったりはしない。

しかも、特徴的な香りのするものだ。

普通だったら、大切に保管しておいて何か特別な時に喫う。

(そもそも、ここは聖堂で、陛下は隠し通路にいたのだ)

「だから、私がここにいると？」

「はい」

私はうなづく。

そんな風に無造作に喫うことができるのは、本来の持ち主である陛下だけだ。

「なぜだね？」

「何がですか？」

「煙草で時間を潰《つぶ》すことはおかしなことではあるまい。それに、貴族ともなれば嗜《たしな》みの一つでもある。下賜されたものとはいえ、単に私の好みの配合というだけで、これより高価なものはいくらでもあるし、味も格別というわけではない……それを有り難《あがた》がる理由がどこにある」

陛下にはその理由がわからないらしい。

「国王陛下にいただいた物ですから」

その一点で、それは特別なものになる。

「……余は、名ばかりの国王だというのに？」

「陛下はおかしなことをおっしゃいます」

名ばかりとおっしゃるが、国王陛下は国王陛下以外の何者でもない。

「事実だろう？」

「陛下は、国王陛下です。……殿下がおっしゃっていました。国王たる重責《じゅうせき》は我が身のものではないのだ、と」

たとえ、実務のほとんどを王太子である殿下がこなしていて、その権のほとんどが殿下にあるとしても、それでも、殿下は国王陛下ではない。

「くやしげに？」

陛下は口《くち》の端《は》を吊《つ》り上げる。どこか嘲《あざけ》るように見える表情だった。

言われたことがあまりにも予測の範囲外だったので、私は一瞬理解できなくて、ちょっとの間ぽかんと間抜《まぬ》けな顔をさらしてしまう。

「ティーエ？」

「……いえ、陛下は、殿下のことをご存知ないのですね」

妃殿下もそうだったが、陛下もまた、自分の子供のことをわかっていないように思う。

殿下がそんな風に思う方だったら、もう少し楽に生きられるのではないだろうか。

いや、私がそんなによく知っているかといえば、そうでもないけれど、少なくとも陛下達よりはマシだ。意欲だってある。

（私は殿下のことを知りたいし、わかりたいと思う……）

ささやかで、でも大それた望み。

けれどそれは、私が諦めない限り叶うだろう。

（私は王太子妃だから）

殿下に寄り添って生きる権利が自分にあることを嬉しく思う。

だから、私は会話として話がずれることを承知で、微笑《わら》って告げた。

「殿下と陛下はよく似ていらっしゃいます」

陛下は、そんな私を見て何度も目をしばたたかせた。

人形姫の擬態《ぎたい》はもうとっくに脱《ぬ》ぎ捨《す》てている。

誰かのこういった表情にも、もう慣れきってしまった。

「はい。自嘲気味に笑う顔とか、冷ややかに露悪的《ろあくてき》に物を言う声の調子とか……そっくりです」

「……似ているのか？」

「そっくり、か……」

「はい」

私ははっきりとうなづく。

「あれは余とは違い、あらゆることに才能のある子供なのだがね」

昔から、鳶《とび》が鷹《たか》を生んだとよく揶揄《やゆ》されたものだ、と苦笑《くしよう》する。

「それは殿下の努力です。才能の一言で片付けてしまったら殿下に失礼です」

殿下のことを、誰もが『天才』であると褒めそやす。

『天才』だから、何ができても当たり前なのだと扱われる……それは、理不尽《りふじん》ではないだろうか。

確かに才能はあったのかもしれない。けれども、それを磨《みが》いてきたのは殿下だ。

子供の頃は神童と呼ばれていても、大人になれば只《ただ》の人《ひと》ということも多い。

今もなお、天才だといわれているのは、殿下のたゆまぬ努力の賜物《たまもの》なのだと思う。

「そなたは……」

陛下はさらに何かを言いかけ、でも、その言葉をのみこんだ。

「そんなにも、私は違いますか？」

「正直、我が目を疑っている」

「妃殿下にも申し上げましたが、別人ですから」

私は笑みを重ねる。

陛下の表情が困惑《こんわく》の度合いを深めた。

「私、昔のことはほとんど覚えていないのです」

「記憶が失くとも、そなたがティーエであることは変わるまい」

「そうでしょうか？」

私は首を傾げる。

ふと、自分の小さな手を見た。

ただそれだけのことで、違和感がこぼれ落ちる。

それでも以前よりずっと、それは小さくなった。

ここは王太子宮の聖堂で、目の前には国王陛下がいらっしゃるというのに、一瞬、自分がどこにいるのかわからないような気持ちになる。

(何ていうところに来てしまったのだろう……)

来てしまったというと何だか能動的《のうどうてき》だが、正確に言うのならば、気が付いたらここにいたというのが正しく、イメージとしては流されてきたというのがぴったりくる。

（流されただけかもしれないけれど、でも、ここで生きているのは私の意思だ）

人形であることを止め、かつての記憶を持たぬ『私』として生きている。

夢のようだと思いながら、でも、夢ではなく……何だかふわふわとした気持ちになるのを小さく首をふって振り払う。

（私は、ここにいる）

夢でもおとぎ話でもないここで、生きている。

「ああ、そうだ」

陛下の言葉尻《ことばじり》にわずかに苛立《いらだ》ちが入り交じった。

「記憶というのは、その人間を形作る重要な要素だと思います。私は、エルゼヴェルトのお城で記憶を失い、失ったことで今の『私』になりました」

記憶がそのままその人そのものとイコールで結ばれるかはわからない。

けれど、それなしではその人とはいえないのではないかと私は思っている。

「……何も、わからない私に殿下はおっしゃいました。どれほど以前とは違っていようとも、ここにいる私こそが、殿下の妃であるのだと。それは記憶の有無《うむ》で変わるものではないのだと」

その言葉が、私を落ち着かせてくれた。

アルティリエであることを忘れた『私』を、ナディル殿下は肯定したのだ。

そのことがどんなに嬉しかったか、きっと殿下は知らない。

私はまっすぐ陛下を見て、言葉を継ぐ。

「思い出せなくとも良い。これから、思い出を積み重ねれば、それがかけがえのない記憶になるだろう、と」

陛下の眼差しが揺れた。

私はそっと胸元を押さえる。

その薄紙《うすがみ》のかさついた手触《てざわ》りが、私を支える。

甘苦い紙巻の香りが、ユーリア妃殿下を支えたように。

「そんな気の利《き》いたことが言える男なのだな、あれは」

陛下は少しだけ笑みを見せる。

「はい」

陛下は私を見、それから何かをたどるように遠くを見て、口を開いた。

「……あれが我が子であるということはわかっているが、どういうわけか、私は子供というものに昔から関心がもてなかった。我が子であれば違うのかとも思ったが、王太子は元より、師団長《しだんちょう》にも枢機卿《すうききょう》……いや、まだ大司教だったな。下の子らも同じだった。娘は……アリエノールは少し違ったが、それもたいした関心はもてなかった」

アリエノールという名。

陛下の口からご自身の御子の名前がでたのは初めてのような気がする。

（それが、ご本人ゆえに口にのぼったかは別にして……）

あまりにも名前でお呼びにならないので、名前を覚えていないのかもしれないという疑《ぎ》惑《わく》をもっていたのは秘密だ。それは、いろいろな意味で酷《ひど》すぎる。

「王家というところは、それで通るのだ。子の世話をするための人間は他にいる。親が何することもなく、子は育つ」

衣食住に不自由することさえなければ育つというのは間違いだと思うけれど、今、問題とされるのはそこではない。

「余もそう育ったが、あの当時、そうはなるまいと思っていた父と同じことをしていると気付いた時は、少々愕然《がくぜん》とした」

自嘲するような表情に殿下のそれが重なる。

どれほど似ていないと言われても、やはり似ているところはあるものだ。

「だが、それをどうこうしようという気はなかった。関心がもてないのだから仕方があるまい。……だから、あれのことも、他の子らのことも、ユーリアに任せきりでほとんど知らない」

ひどく残酷《ざんこく》な言葉だと思ったけれど、これもまた真実なのだろう。

陛下が、言葉を飾ることなく語るのを、私は真剣《しんけん》に聞く。

「それでも、あれらが幼い頃はまだ同じ屋敷《やしき》で暮らしていたからそれなりの出来事があったし、思い出すこともある。……私が国王になってから生まれた双子《ふたご》とは、ほとんど縁もなくてね。我が子という認識に欠けるようなところがある」

私はたぶん情が薄いのだね、と陛下は何でもないことのようにおっしゃる。

我が子という認識がないと言い切らないだけマシなのか、いやいや、そういうことではないだろうと心の中でつっこむ。

ナディの面影《おもかげ》が頭の片隅をよぎり、胸が痛んだ。

(確かに、親子関係は破綻《はたん》しているけど)

私とエルゼヴェルト公爵も大概《たいがい》だが、陛下達も大概だと思う。

殿下達がご兄弟でいる時はそうでもなさそうなのに、これが親子となると、途端《とたん》に越《こ》えられない壁、ないし、おそろしいほどに深い溝《みぞ》が出現する。

正直に言って、これは私が何かしたところでどうにかなる問題ではないだろうとさえ思う。いや、私がどうこうできるなどと烏滸《おこ》がましい気持ちはまったくない。家族間のデリケートな問題は、他人が間に入るとよけいにこじれる、というのが、私の経験則だ。

(陛下は気付いておられるのだろうか?)

さっきから一人称が「余」であったり「私」であったりしている。たぶん「私」が素だ。

(気を緩《ゆる》めているのか……)

とりあえず、リラックスというほどではなかったとしても、それほど身構えてもいない様子に見えた。

逆に私はやや緊張している。

(突然、怒り出すことがあるって聞いたし)

私は直面したことがないのでよく知らないけれど、陛下はひどい癇癪《かんしゃく》持ちだという。

前触れなく怒り出すこともしばしばで、本宮に仕《つか》える者達はとても注意をはらっているのだとも聞いた。ただ、陛下は暴力に訴えるような方ではないので、手をあげられたことがある者はいないという。

(さすがに陛下が、この場で私に何かするとは思わないけれど)

でも、手を伸《の》ばしても届かないくらいの距離はとっている。


(本当は……)

本当は、全部ほっぽらかして寝台《しんだい》に籠《こ》もってしまいたい。イヤな話は聞きたくないし、目を背《そむ》けてしまいたい。でも、そうしたら、何もわからないままだ。

それでもいいと、きっと殿下はおっしゃるだろう。

陛下がうっすらと笑みを浮かべた。どこか楽しげな様子だったけれど、私はそれが何か嫌な感じがして、思わず一歩さがってベンチに阻《はば》まれた。

（逃げちゃダメ……）

私は籠の鳥で、陛下もまた玉座の囚《とら》われ人《びと》だ。余人を交えずにこんな風に話ができる機会はそうはない。

王室というのはとても風通しが悪く、しち面倒くさい手順を踏まねば何もできない。そして手順を踏んだとしても尚《なお》、どうにもならないところがある。

（たぶん……）

逃げても、誰も責めない。大概の人にそれは知られないだろうし、それで何かとがめられることもない。

（でも、殿下にはおわかりになるだろう）

目を背けてしまったら、ここで逃げ出したら、殿下の隣に胸を張って立つことができない気がする。

だから私は、深く息を吸い込んで呼吸を整えた。

（私は、大丈夫）

自分に言い聞かせる。

アルティリエがなぜ失われたのか。

それを知ることで、私はけじめをつけることができるだろう。

だから、私は逃げない。

（終わりにする）
そう決めた。
そして、たぶん、そう言えるのは私だけなのだ。

第十二章　密やかな遊戯

　私にわかっていることは、そう多くはない。

　伯爵《はくしやく》やミレディに調べてもらったこと、殿下《でんか》やリリアが教えてくれたこと、そして、改めて考えた私自身のこと。

　それらの隙間《すきま》を、推理というには恥《は》ずかしいような想像で補《おぎな》っているのが現状だ。

（しかも穴だらけで）

　そもそも証拠《しようこ》なんてないし、もう犯人捜しをしているというわけでもない。終わりがどこにあるかすらもわかっていない。

　それでも、たぶん、そこにたどり着けるのは私だけなのだと思う。

　根拠《こんきよ》のない自信だったけれど、私は背筋を伸《の》ばした。はったり、というのも時には必要なのだ。

「かけなさい」

　陛下はそう言って、あまり広くない左側の通路を挟《はさ》み、斜《なな》め後ろの席に座って私のほうに身体《からだ》を向ける。

私はそのままそこに座って、陛下のほうを向いた。

隣同士にも前後にもせずに通路を挟んでいるのは、貴婦人への心遣《こころづか》いだ。

幼い私に対しても、陛下はちゃんと既婚《きこん》の貴婦人としての扱《あつか》いを忘れない。

(シオン猊下《げいか》の頭にはそんなこと欠片《かけら》もなかったなぁ、たぶん)

隣に一緒《いっしょ》に座っていた猊下は、リリアのことで頭がいっぱいだったのか、私が幼すぎてまったくそんな対象に思えていなかったのか……たぶん両方だろう。

「さて、何から話そうか……いつか、こんな日が来るだろうと思っていたが、実際にそうなってみると何だか不思議な気持ちがするものだ」

陛下は、とても機嫌《きげん》が良いように見えた。躁鬱《そううつ》の激しい方なのだが、声のトーンから考えると、今はやや、躁状態にあるように見える。

「予測なさっていらっしゃったのですか?」

「いや、予測ではない。強《し》いて言うならば希望というべきだろう。余は、そろそろ終わりにしたいと思っていた」

不自然な朗《ほが》らかさで、陛下は言う。

「ただ、幕を引くのがそなただとは思っていなかった。今のそなたであれば納得《なっとく》するが、かつてのそなたには不可能であったから……それができるのは、王太子だけだろうと思っていた」

「なぜですか？」

　確かにかつての私には不可能であるというのは全面的に同意する。

「ユーリアは私の意に添《そ》わぬことはしないし、師団長《しだんちょう》は気付いてもいなかった。アリエノールは……あれは、見て見ぬふりをするだろうし、大司教《だいしきょう》は逃げ出したからな」

　あげられる名は、ものの見事に身内だけだ。他の人間では、陛下に意見することができない、ということなのだろう。たぶん。

「王太子は……あれは、国を守るためならば私を殺せる男だ」

　たぶんそうなのだろうと私も思っていたけれど、同意を示すことはしなかった。

　ナディル殿下は私にはとても優しい人なのだ。エゴイストな私は、それだけですべてが許せてしまう。

（誰《だれ》にでも与《あた》えられる優しさなんか要《い》らない）

「だから、あれが私に引導を渡し、国王になるその日を待っていた」

　陛下が、柔《やわ》らかな笑みを浮《う》かべる。

「殿下はそんなことを望んではおられません。王太子になりたいとすら思っておられなかった」

「そうなのかもしれない。……だが、人は変わるものだよ、ティーエ」

「でも、殿下ご自身の幸福は玉座にはありませんから」

少しだけむっとしたので、きっぱりと言い切った。

「……おやおや。では、あれの幸せはどこにあるというのだね」

ここで、私の隣ですと言えればたいしたものなんだけど、臆面《おくめん》もなくそんなことを言えるほど私の面《つら》の皮は厚くない。

「…………図書室です」

私の回答に、ぷっと陛下が噴《ふ》いた。

「確かにそうかもしれぬな。何しろあれは、幼い頃から本の虫だった……あれについた家庭教師達は、いずれ必ず学者として歴史に名を残すであろうと全員が口を揃《そろ》えて言った。それでいいと、私もユーリアも思っていたのだよ」

「それこそが、殿下の夢でした」

殿下は、歴史がお好きだ。

ご自身がライフワークとおっしゃっている研究テーマは「喪《うしな》われた統一帝國《ていこく》以前の文明の遺跡《いせき》」と「アルセイ＝ネイ」について。

殿下はネイについてかなり詳《くわ》しい。ダーディニアがネイと縁《えん》が深いこともあったが、何よりも、殿下の心をとらえたのは、統一帝國以前の、現在よりも遥《はる》かに進んでいた「喪われた文明」についてだという。最近の研究では、ネイはその失われた文明の継承者《けいしょうしゃ》だったのではないかと考えられているようだったけれど、殿下はもう一歩踏《ふ》み込んだ仮説をお持ちだった。

　まずは、アルセイ＝ネイというのが一人の人間ではなく、その文明を継承している複数の人間であるということ。

　根拠としては、ネイの建築物やらネイが設計したという建物の建築された時代と分布が、どう考えても一人の人間が成し得たものとは考えられない為らしい。

　ごく初期にその名で呼ばれた人を殿下は、『はじまりのネイ』あるいは『一番目のネイ』と呼んでいる。

　ダーディニアの王宮は、その一番目のネイが設計・建築指揮《しき》したものであると同時に、喪われた文明の技術を使って後世に建築された、世にも稀《まれ》な建物なのだと殿下は目を輝《かがや》かせて説明してくださった。

　元々、ダーディニア国内には、ネイの事跡《じせき》が数多く残っていることから研究がしやすい。ネイの研究をしている者にとって、このダーディニアは聖地だというが、殿下にとっても聖地なのだろう。大学を卒業されるまで、殿下は大学の王宮調査チームの責任者としてその建築技術の研究をしていたそうだ。

　その手の話をされる殿下はとても雄弁《ゆうべん》だ。普段とはまったく違う方向にだけれど。お話もおもしろかったし、いきいきとした表情で目を輝かせている殿下と一緒にいられることが、私は何よりも嬉《うれ》しかった。

「殿下の夢は、大学で研究者になること……そして、許されるのならば、私の母にずっと隣に居て欲しいと夢見たことがある、と」

陛下は、小さく息を呑《の》まれた。

それは、私がはじめて見る、陛下の動揺《どうよう》だった。

どこか飄々《ひょうひょう》としていて浮世離《うきよばな》れしたところのある陛下は、何かに驚《おどろ》くということがあまりない。

「……それは、無理な話だな」

ほろ苦い笑みとさらりと否定された言葉をしっかりと脳裏《のうり》に刻《きざ》み、私は言葉を選んで切り込む。

「……ずっと不思議に思っていたことがあるのです」

「不思議に思っていたこと？」

「はい。……母と結婚する時点で、エルゼヴェルト公爵《こうしゃく》には長年連《つ》れ添《そ》った女性が居て、既《すで》に子供が何人もいました。それは、当時大変な醜聞《しゅうぶん》になっていたと聞きました。王女が嫁《とつ》ぐ相手としてふさわしくないという声があったとも」

「ああ、そうだ。……だが、妾《めかけ》がいたことが問題だったのではない。あれほどの大貴族ともなれば側妾《そばめ》の一人や二人居たところで何ほどのことでもない。だがあの男は、王女と婚《こん》姻《いん》を結ぶのに別れるそぶりすら見せず、平気で妾に敷地《しきち》内の離《はな》れ屋敷《やしき》を与えた」

それは王家に対する侮辱《ぶじょく》だ、と吐《は》き捨《す》てるその声音《こわね》に、冷ややかな……憎《にく》しみが入り交じる。

（これは、憎悪《ぞうお》だ）

瞳《ひとみ》の底に燃える青白い炎《ほのお》。それは決して消えることなく胸を焦《こ》がし続ける業火《ごうか》だ。

（陛下は、忘れておられない）

殿下がエルゼヴェルト公爵に抱《いだ》いていたのは、怒《いか》りだった。

母が亡《な》くなってもう十二年がたつというのに、尚《なお》も残る怒り……それが、私と話すことで少しずつ風化していく気がする、と殿下はおっしゃった。

私はそれが嬉しかった。殿下の役にたてているような気がしたから。

だが、陛下のこれは決して褪《あ》せぬ憎しみだ。

私という存在は、それを和《やわ》らげる助けにはならないのだ。

尽《つ》きせぬ憎しみに、ぞくりと背筋が小さく慄《おのの》いた。

それは、角度を変えれば私にも向けられかねないものだ。

「では、それなのになぜ婚約をそのままお認めになったのですか？」

私にいろいろな話を聞かせてくれたシュターゼン伯爵は、私見ですが、という注釈《ちゅうしゃく》つきで、婚約は当然破棄《はき》されるだろうと思っていたと言っていた。だからこそ、伯爵は陛下に、王太子殿下が母に好意をもっていることをそれとなく告げたのだ、とも言っていた。

『私は、姫にエルゼヴェルトに嫁いでほしくなかったのです。自分では何もできないから、殿下にかこつけて裏から働きかけた……結果は、思っていたのとは逆に作用しましたが』

彼の面《おもて》に浮かんでいたのは、苦笑《くしょう》というには苦すぎる表情だった。

（そう。むしろそれは、逆に作用した）

王太子殿下はそのことをご存知ないという。だから殿下は、別の理由で伯爵が家庭教師をやめさせられたと思っていたようだが、私は、伯爵が殿下の好意を陛下に告げたことが原因だったと予測している。

「認めたことなど一度もない」

憎々《にくにく》しげな声音。その表情が大きく歪《ゆが》む。

でも、当然だった。

王女の降嫁《こうか》に際し、たとえ建前《たてまえ》であったとしても身辺整理をするのは当たり前だ。なのに、公爵はそれを怠《おこた》った。

しかも同じ敷地に側妾を住まわせるなどルール違反《いはん》もはなはだしい。ましてや、婚姻相手は王家の姫君なのだ。

それを、陛下が許せるはずがない。

王家の者としても。兄としても。

（それは、エルゼヴェルトの驕《おご》りだ）

当時、降嫁に反対する者はとても多かったのだという。

加えて、母はおかしな噂《うわさ》すらでるほどこの上なく陛下に溺愛《できあい》されていた。

誰が見ても不実とわかる男の元に嫁がせるくらいなら、陛下のお手元で、公爵ほど身分は高くなくとも誠実な夫を迎えてのんびりと暮らす方がずっと幸せだっただろう。

それに、母はまだ成人したばかりだった。公爵と違って婚姻を急ぐ理由はまったくなかったのだ。

「……だが、できなかったのだよ。どうしても」

喉《のど》の奥から搾《しぼ》り出すように、陛下はその言葉を紡《つむ》ぎ出す。

「ずっと、不思議でした。母を誰よりも大切に思ってくださっている陛下が、なぜ、みすみすわかっていた不幸に母を追いやったのかが」

「わかっていた不幸と言うのか？」

「男の人は、成人したばかりの少女が、すでに長年連れ添った妻同然の愛人がいる十五も年が離れた男と結婚して、幸せになれると本気で考えられるものなのでしょうか？」

私の問いに陛下は、ひどく苦々しい表情になる。

それは、何よりも雄弁な答えだった。

「王太子殿下のような方ならまだしも、話に聞いただけでも公爵のなさりようは酷《ひど》いと思います」

（……その酷い男が、私の父なのがさらに救いようがない気がする）

十五歳違いは私も同じこと。なので、何となく殿下に対してフォロージみたことを口にしてしまうのは妻の欲目かもしれないが許して欲しい。

「幸せになれるということを疑わなかったのは、何も知らなかったエフィニアだけだ」

疲れたような声音。

実年齢《じつねんれい》よりも若く見られることの多い陛下だったが、今は、ひどく年をとって見えた。

（ここにもある矛盾《むじゅん》）

陛下は、私の母たるエフィニアを愛していた。

そして、エフィニアの子だからこそ私に執着《しゅうちゃく》し、それが今の私への行き過ぎた厚遇《こうぐう》につながっている。

だが、ならばなぜ、母の悲劇を止めなかったのだろう。

わかっていなかったとは思えない。そして、止めることができなかったとも思わない。

誰よりも愛する妹王女の不幸を、この方が何することなく見逃《みのが》したのが不思議だった。

「……いろいろなお話を聞いたのです。私が直接お話を聞けた方は数えるほどでした。それでも、少なくない人数の者が母の降嫁が取り消されなかったことを不思議に思っていた。……結果論かもしれません。でも、こんなにも母を……エフィニアを大切に思っておられる陛下が、不幸になることが目に見えてわかっていた公爵との婚姻をそのままお認めになった理由がわかりませんでした」

母の話をしてくれた時の殿下の声が、耳の奥で甦《よみがえ》る。

『私は、陛下が彼女の結婚をとりやめるだろうと思っていた。……異母とはいえ、あれほどまでに溺愛している妹を、他の女にかまけている男にお許しになるとは思ってもいなかった』

だから婚姻の日、王宮から花嫁行列が出て行ったその瞬間《しゅんかん》でさえも、形だけのもので彼女はすぐに戻ってくるのだと、心のどこかで思っていたのだ、と。

「王太子殿下は、私の母が初恋だったのかもしれない、ともおっしゃっていました。そして、自惚《うぬぼ》れかもしれないが、たぶん、嫌《きら》われてはいなかったはずだと」

陛下は私の言葉に天を仰《あお》ぐかのような様子で嘆息《たんそく》を漏《も》らす。

「殿下と母はさほど年齢も離れていません。血筋的にも年齢的にも釣《つ》り合《あ》いは悪くなく、さまざまな条件的にも、公爵よりも母の結婚相手に相応《ふさわ》しいように思えます」

そうなっていたら、今ここに、私は絶対にいないのだけれど。

「……疑問に思ったのはそれだけではありませんでした。……自身の不行状があったとしても婚約を破棄されることはないと、なぜ公爵は思っていられたのでしょう？　何が公爵をそれほどまでに増長させていたのかが不思議です」

誰もが婚約破棄されても当然だと思っていたにも関わらず、当の本人だけはまったくそんなつもりはなく、むしろ、事態を悪化させていたように思える。

母が父に嫁いだのは、先代公爵の喪《も》が明けた十五歳の時、先の陛下が亡くなる直前の事だ。

私の祖父である先代公爵の生前は、父もそれほど目立つようなことはしていなかったのだが、祖父公爵が亡くなって二月《ふたつき》ほどで、上の子供達を本城にひきとり、更《さら》には母との結婚を控《ひか》えた時期にルシニラと下の子供達を敷地内の別邸《べってい》に住まわせた。

ダーディニアの国法上、ルシエラの子供達には相続権がない。が、公爵の子息《しそく》としての教育を受けさせてやることはできる。

だが、同じ敷地内に暮らす必要はないし、妻と妾を同じ敷地内に置くというのは、側妾を置くことに寛容《かんよう》なところのあるダーディニアであっても外聞《がいぶん》のよくないことだった。

「エフィニア本人が乗り気だったのだ。年上の、大人の男に見える婚約者に、エフィニアは憧《あこが》れていた。……そもそも、エフィニアの婚約は父王が定めたことだった」

「それは……」

「しかも、エルゼヴェルトは『王妃の家』。王家とは元より不可分だ」

『王妃の家』……それは、そもそもが初代エルゼヴェルト公爵が建国王の王妃の弟であり、以降、三代続けて第一王妃を輩出《はいしゅつ》したことに由来している。

四大公爵家の筆頭。その格は「エルゼヴェルトを妻にも母にも持たぬ王はない」と言われるほどで、いろいろな意味で別格なのだ。

「だから、陛下には止めることができなかったと？」

「……ああ……父の定めた婚約を絶対に覆《くつがえ》せなかったわけではない。だが、私はどうあっても止めることができなかった。私は認めたわけではない……諦《あきら》めたのだ」

苦しげだった。ご自分のお子様達には関心がないとおっしゃる一方で、私の母、エフィニアのことになるとこんなにも苦しまれる。

「なぜ、諦めたのですか？」

理由があるのだ。不幸になるとわかっていても、エフィニアと公爵を結婚させなければいけなかった理由が。

「…………………」

陛下はうなだれるように床《ゆか》を見、口を開こうとしない。

（まあ、すんなりお答えいただけるとは思っていなかったけど……）

「では……」

私はもう一度深呼吸をした。ぎゅっと拳《こぶし》を握《にぎ》り締《し》める。

こういう場合は、まったく違う質問を投げかけるほうがよいだろう。

迂遠《うえん》ではあるけれど、少しずつ核心に切り込んでいければ良い。

（ただ、これを口にするには覚悟《かくご》がいる）

口にするために、私は勇気をふりしぼる。

脳裏の片隅《かたすみ》をこれまで出会ってきたいろいろな人の顔が浮かんでは消えた。

「……なぜ、陛下は私を狙《ねら》うのでしょう？」


（言ってしまった……）

陛下が、はじかれたように顔をあげた。

その目が驚愕《きようがく》に見開かれている。

内心、自分で言い出したことながら、そこまで驚きを露《あらわ》にする陛下に私も驚いていた。

けれど、そのまま畳《たた》み掛《か》けるように問いを重ねる。

「なぜ、私を大切に慈《いつく》しんでくださる一方で、生命を狙われるのでしょう？」

そう口にしたら、心細いような、ひどく泣きたいような気分になった。

（殿下……）

今すぐ王太子殿下に会いたかった。

あの少しぶっきらぼうな口調で、いつものように名前を呼んで欲しかった。

何も言わなくてもいい。ただ、そこにいて欲しかった。

（もう、なかったことにはできない）

言葉には、言霊《ことだま》というものがあるという。口にした瞬間にその言葉に魂《たましい》が宿ると言われるように、その問いもまた口に出した瞬間から力持つ問いとなる。

「陛下は、なぜ、私を憎んでおられるのでしょうか？」

それは、夜の静寂《せいじゃく》の中に思いのほか大きく響《ひび》いた。


くっくっくと押し殺した笑いが漏れる。

陛下が笑っていた。

あるいは、嗤《わら》っていたのかもしれない。

肩《かた》を小刻みに震《ふる》わせ、喉の奥で声を押し殺している。

そして、顔をあげた。

「すごいな、ティーエ。本当にすごい。それは、自分で気が付いたのだろう？　王太子が君にそんなこと話すわけがない」

その瞳が、どこか危《あや》うい光を宿している。

熱を帯びた眼差《まなざ》しは、再び、陛下をまるで違う人間のように見せる。

（こんな方だったのだろうか？）

心底おかしげに笑っていた。

なんだか、見るたびにこの方は別人であるように思える。

「ああ、確かにそなたは別人だ」

私の人形姫ではない、とうたうようにつぶやく。

人形姫、というその言葉に、もう心は波立たない。

「なぜ、気付いたのかね？」

席を立った陛下が、いつのまにか私の目の前に立っていた。

あわてて立ち上がろうとした私の肩に手をやり、そのまま席へと押し戻す。覆《おお》いかぶさるように上から覗《のぞ》き込まれて、反射的に身をひいた。

でも、ひきさることができなくて、驚くほどの近さで陛下の瞳を覗き込むことになる。

「私は、君に気付かれるようなヘマをいつしたのかな？」

銀を帯《お》びた蒼氷色《アイスブルー》の瞳は、私を映しているのに、私を見ていない。

そして……。

(こんなにもわらっているのに)

ひどく虚《うつ》ろだった。その空洞《くうどう》が見えるような気がした。

「先ほど申し上げました。……もう、随分《ずいぶん》と前だと」

声が震えずに答えられたことに内心安堵《あんど》する。

「ああ、あれはここにもかかるのか」

ハハハハハ、と、陛下は高笑いし、私から離れる。

その笑い声はどこか物悲しさを帯び、天井《てんじょう》高くに吸い込まれていった。

私は笑わなかったし、笑えなかった。

「なぜ、なのですか？」

否定してもらえなかったことに、胸が痛む。

できることならば、私を疑うのかい？　と、笑い飛ばして欲しかった。

ううん。否定してもらえるのならば、何を言ってるんだ、と怒《おこ》られても構わなかった。

けれど、陛下は笑みを浮かべるだけだ。

「私が湖に落とされたのは、陛下の思《おぼ》し召《め》し、だったのですね」

くり返される身の危険。本当に生命の危機を覚えたのは数えるほどだったが、目覚めてから二月たらずで、すでに何度おかしなことがあったことか。

「思し召し、か……君は、いったいどこまで知っているんだろうね？　ティーエ」

それは私にもよくわからない。わが身の危うさが、私にはよく理解できていないのだ。

「私が知っていることなど、そう多くはありません」

「でも、君は実に言葉の使い方が的確だ」

素晴《すば》らしい！　と、陛下は大げさに手を広げる。

機械仕掛けのような、何だか芝居《しばい》じみた動きだった。

「……ありがとうございます」

何をどう口にしていいかわからない。

予測はしていた。でも、予測するのと、事実を目の当たりにするのとではまったく違う。

だって、陛下は私の最大の庇護者《ひごしゃ》なのだ。

そんな人が実は黒幕なのだと、それをわが目で見ることは、想像していたよりもずっと心に負担がかかることだった。

「私は、君がなぜ私なのだと思ったかにとても興味があるよ。だって、私は嘘偽《うそいつわ》りなく君を愛しているし、君の前では一度だって君を哀《かな》しませるようなことも、君を痛めつけるようなこともしたことがない。多少、いきすぎるところもあったかもしれないが、常に君を大切に守ってきたはずだ。なのに、なぜ、私だと思ったのだろう？」

教えてくれないか、と陛下は笑みを浮かべる。

その笑みは優しかった。慈しみに満ちていて、決して見せかけのようには思えない。

だが、その一方で私を狙うのもまた、陛下なのだ。

(矛盾する感情……愛情と憎悪が共に並び立つ)

「君は、私が犯人だと言わなかったし、私が殺せと命じたとも言わなかったね」

「……はい」

陛下が実行犯であるなどとは思ったことがない。

高位王族というのはほとんど一人になることができないようになっているし、物理的には自由であっても、その実、常に拘束状態《こうそく》にあるようなものだから、秘密裏《ひみつり》に何かを行うことはほとんど不可能だ。

　そして、陛下は私を「殺せ」と命じることはできなかっただろう。

（陛下が『国王』であり、私がエルゼヴェルトの推定相続人である為に……）

　なぜ、そこまでエルゼヴェルトが特別なのかは、表面上は、四大公爵家の筆頭であるからという理由しか知られていない。

　けれど、それだけではないのだ。

（それだけの理由では、足りない）

　私は目の前の陛下に、改まった気持ちで視線を向ける。

（答えは、この方が知っている）

「その通りだよ。私は君を傷つけるようなことは何一つしていない。私は、誰よりも君を愛していると自認《じにん》しているのだ」

　どこか得意げにすら見える表情。最高に機嫌が良いようなその様子を、私はただ見つめる。

「私が殺せと命じたことがないということを知っているのに、君は私が生命を狙っているというのだね」

「……生命を狙っている、というほどではないのかもしれません。ただ、結果としてそうなってもいいと思っておられたのではないでしょうか」

アルティリエはいつそれを知ったのだろう。

そして、どれほど恐《おそ》ろしかったことだろう。

国王陛下に生命を狙われるということの意味がわからぬほど、アルティリエは幼くなかった。

（アルティリエは、とても聡明《そうめい》な子供だったから）

ある意味、その聡明さが彼女を殺したとも言えるのかもしれない。

きっと気付かなければ、彼女は彼女のままでいられた。

でも、彼女は気付いてしまったのだ。

（王太子殿下にふさわしくありたいと、学び続けていた為に）

その皮肉に胸が痛む。何も知らない子供でいれば、絶望することなどなかったのに。

誰にも言えずに一人で抱《かか》え込み、どれだけ心細かったことだろう。

でも、どうしても誰かに相談することはできなかったに違いない。

（相談した相手に災《わざわ》いが降《ふ》りかかることを恐れたから）

もしかしたら、これまでに亡くなった人の中に、アルティリエが相談した人がいるのかもしれない。

（たとえば、家庭教師だった教授とか……乳母《うば》とか……）

だとすれば、教授は病死だったけれど、アルティリエは自分のせいだと思ったかもしれない。

乳母については、彼女をかばったという事実もあり、もっと直接的に自分のせいで殺されたと思ったかもしれない。

「なぜ、私がそう思っていると君は思うんだい？」

陛下は上機嫌《じょうきげん》で嗤う。

私はぎゅっと拳を握り締める。

（殿下には……）

きっと、言えなかった。

でも、殿下にこそ一番頼《たよ》りたかっただろう。

殿下にこそ、あなたの父親が犯人なのだと告発することが、アルティリエにはできなかった。

それほどに彼女は殿下を想《おも》っていたのだ。

（その気持ちは形をかえて、私の中にもある）

そっと胸を押さえる。

「……それは、陛下しかご存知ないことだと思います」

少なくとも、私は知らない。

「ああ、そうだね。……うん、そうだ」

くすくすと、陛下はおかしげに嗤う。

ならば、とその唇《くちびる》が笑みを形作った。

「ならば、なかなか良い分析《ぶんせき》の褒美《ほうび》に教えてあげよう」

口元にその笑みを貼《は》り付《つ》けたまま、陛下は続ける。

「……私は、賭《か》けをしようと思ったのだよ」

「賭け？」

今、この場で口にされるにはあまりにもそぐわない単語に、私は首を傾《かし》げた。

「そう。賭け、という意味がわからないのなら、遊戯《ゆうぎ》と言《い》い換《か》えてもかまわない」

陛下はごく穏《おだ》やかな口調で話を続ける。

なぜか、背筋がゾクリとした。

「……陛下？」

何かが頭の奥で警鐘《けいしょう》を鳴らしている。

それは、聞いてはいけない類《たぐい》のものだ。

「遊戯の相手は、王太子。……そして、景品は君だよ、ティーエ。君と、君が持つ、この国だ」

ぐらりと、目の前が揺らいだような気がした。

私がこの国を持つという意味が、私にはわからない。

ただ、納得はする。

というか、あらゆる符号《ふごう》がそれを示している。

この国……ダーディニアにとって、『私』はとてもとても大切な存在なのだと。

そう。もしかしたら、国王陛下以上に。

「何か得心《とくしん》したような顔をしているね」

「あまりにも皆《みな》が私に過保護な理由が、それなのだろうと理解できました。なぜ私がそこまで特別なのかはわかりませんが」

「それは長い長い話になるから場所を変えないかい？　ティーエ」

ここは寒すぎる、と陛下が言う。

「申し訳ありませんが、私は西宮《にしのみや》からは出られません。殿下とお約束しましたから」

本当はあれは西宮ではなく王太子妃宮をさしていたんだろうけど、拡大解釈《かいしやく》して西宮ということにする。苦しい言い訳なのはわかっているけど、単に自分のやましさをごますための建前なのでそれでいい。

「私の命令でもかい？」

「はい」

私のうなづきに、陛下は眉《まゆ》をひそめて不快を示される。

「……国王の命よりも王太子の命を優先すると？」

どこか不穏《ふおん》な空気が流れた。

「いいえ。夫の言いつけを守るだけです。お許しくださいませ」

私は。ひょこっと立ち上がって、ふわりとワンピースの裾《すそ》を揺らして軽く一礼する。

陛下は、くつくつと喉の奥を鳴らして笑いながら立ち上がった。

「それは咎《とが》められないな」

その言葉に笑みを浮かべてみせる。内心、どれほど逃げ出したいと思っていても、怖気《おじけ》づいていても、それでも笑う。私の武器はそれだけだ。

「だが、そこを曲げて言うよ。……真実が知りたいのなら、一緒においで」

ゆるやかな命令。

「安心しなさい。君に危害を加えるような真似《まね》はしないし、誰にもさせない」

きっぱりと言い切られた。

「でも……」

殿下との約束をやぶるのが嫌《いや》で躊躇《ためら》う私に、陛下はなおも言葉を重ねた。

「誰にもバレなければいいだけの話だ。……時間は有限なのだよ、ティーエ」

「わかりました。……お供します」

その眼差しがあまりにも真剣《しんけん》だったので、うなづいてしまった。どうしても陛下の話を聞かねばならない、という感じがしたのだ。

夜の底のような闇《やみ》の中に、ゆらゆらと明かりが泳ぎ行く。それは、陛下が手にされている手燭《てしょく》の小さな灯《ひ》だった。

「大丈夫《だいじょうぶ》かい？　ティーエ」

陛下が振り向く。

「はい」

「地下は複雑に道がはりめぐらされている。……王宮はもちろんのこと、この王都全体にもかなりの部分、地下空間があるのだよ。もっとも、一般《いっぱん》市民は入ることすらできないのだがね」

「……どなたなら、入れるのですか？」

「登録されている一部の者……王族と四大公爵、それから、その血を引く一部の人間くらいだな」

「もし、入れないとどうなるのですか？」

「地下に降りることができないだけだ。入れたとしても、登録がない場合は、途中《とちゅう》で姿無げるのだよ」

「安心しなさい。彼らは絶対に君を傷つけない。……だから君は、何かあったら地下に逃き衛兵の刃《やいば》に殺される」

「え？」

思わず立ち止まった。

今から通る道を覚えておきなさい、と陛下は静かにおっしゃった。

石造りの地下道は、ところどころがぼんやりと青白く光るふしぎな材質の床や壁《かべ》を持つ。かといって、目印になるようなものは全然無い。

（迷子常習者にこんな道を覚えろって、それ、すごい無茶振りですから！）

それでも少しでも覚えようと目をこらす。

「……ここが、白月宮《はくげつきゅう》だ」

陛下がそう言って立ち止まった場所には、半透明《はんとうめい》の大きな板状のものが聳《そび》え立《た》っていた。

「これは、妖精王《ようせいおう》の扉《とびら》の仕組みを真似て造ったものと言われている」

「妖精王の扉？」

（扉なの？　これが？）

「そこの石板に触《ふ》れなさい」

石板？　と首を傾げて見上げれば、こちらでは見たことのない白い板状のものが壁面《へきめん》に埋《う》め込まれている。私は手を伸ばしておそるおそる板に触れた。

「……あ」

半透明の板が横にゆっくりとスライドした。

（……これ、自動ドアだ）

全身がぞくりと震えた。

この世界に自動ドアが存在するなんて信じられなかった。電気の存在しない世界でどうやって自動ドアが動いているのか、その動力の源が何なのか……いや、私が知らないだけで、電力、あるいはそれに代わるようなエネルギーが存在しているのか？

「そなたは、元々、王族だ。そして、王太子と婚姻してその妃となったときに、この白月宮の主《あるじ》の一人として登録がなされている。その二つをもって、自身を鍵《かぎ》と成すことが可能になる。君の場合、登録したのは右手だ」

（指紋認証《しもんにんしょう》か、あるいは、掌紋《しょうもん》認証か……）

たぶん、そういうものなのだと思う。でも、本当にそんな技術がこの世界にあるのだろうか。

（この世界は、あちらと何かかかわりがあるんだろうか……）

これまでその可能性は否定してきた。

別に世界中の国を知っているというわけではないけれど、あちらで『ダーディニア』なんていう国の名を聞いたことがなかったから。

「……これは、ずいぶんとかけ離《はな》れた技術のように思えます」

「妖精王の御業《みわざ》の一つだ」

陸下は何てことないという様子であっさりと言った。

(『妖精王の御業』イコール『現在とはかけ離れた科学技術』ってこと？)

あるいは、この世界の技術では説明のつかないものをすべてまとめて妖精王の御業と言っているのかもしれない。

「余もよくは知らない。余は、元々は資格がない身であり、立太子《りったいし》も遅い。ゆえに伝えられた知識もさほど多くはないのだ。これらについては、おそらく、王太子が誰よりも詳しい。興味があるのなら、王太子に聞くがよい」

(……いろいろなお話をお伺《うかが》いしていたつもりだったけれど)

実はまだまだ全然聞いていなかったという事実に小さくため息をついた。

(たぶんこれも、殿下の研究のテーマの一部だ)

喪われた文明の遺跡、そして、アルセイ＝ネイ。きっと妖精王の御業と呼ばれていることの扉もまたその一部なのだ。

(そして、それは私に流れる血と関係がある)

この国の建国王の妃は妖精王の姫だと言われている。それは、この国の誰もが知るおと

ぎ話だ。

(妖精王とその姫……そして、建国王)

おとぎ話のような伝説。あるいは、伝説に見せかけた古《いにしえ》の歴史。

(知らないことが多すぎる……記憶《きおく》がないからしょうがないと思っていたけれど……)

あってもなくても、結局、自分のことですらろくに知らないのかもしれない。


「ここだ」

道を覚えることはすでに諦めていた。

(アルティリエも、方向音痴《おんち》なのかもしれない)

まったく方向感覚がなかった。すでにどこにいるのか、王太子妃宮からどちらの方角に進んだのかすらわからなくなっている。

麻耶《まや》とアルティリエのささやかな共通点にため息をついた。

石造りの暗い回廊《かいろう》を抜け、精巧《せいこう》な浮彫《うきぼり》に飾《かざ》られた扉に陛下は手をかける。

(……この扉は、建国神話の最初の場面だ……)

一角獣《いっかくじゅう》の隣に佇《たたず》む乙女《おとめ》と、乙女に見惚《みほ》れて立《た》ち尽《つ》くす騎士《きし》。

それは、建国王と妖精王の姫が出会ったその情景だ。

時代とともにさまざまな形で表現される建国神話だけれど、決まり事が幾《いく》つかあるので、それがどんなに抽象的《ちゆうしようてき》であろうともわかる人間にはわかる。

（花冠《かかん》を持つ乙女、乙女を守護する一角獣、二匹の蛇《へび》が絡《から》まる剣《けん》を持つ騎士、それから、地を覆う夜鈴花《ティエリア》……）

扉を開いたその先には、西宮の聖堂よりもずっと広い聖堂が広がっている。

「……ここは聖堂ですか？」

「ああ。後宮に付随《ふずい》する聖堂だ」

美しい薔薇窓《ばらまど》が石造りの床に朧《おぼろ》な彩《いろど》りを落とし、祭壇《さいだん》を囲む幾つもの常夜灯《じようやとう》の光が、夜を追い払うかのように輝いている。

天井はどこまでも高く、東西南北の四方を幻獣《げんじゆう》の像が守護していた。広さの違いこそあれど、聖堂建築の基本は全て一緒だ。

けれど、振り向いたそこに扉はなかった。

「え？」

「ああ……ネイの絡繰《からく》りの一つだ」

扉があるはずの場所にあったのは、聖書のはじまりの一節……『光の中で輝く光』の部分を描《えが》いた巨大《きよだい》な浮彫だった。壁にはめ込まれていて、これが動くようにはまったく見えない。

(でも、扉は建国神話だったのに……)

「本来の扉はそちらだよ」

陛下の指し示したその先には、美しく磨《みが》き抜かれた大扉があった。

「おいで、ティーエ」

促《うなが》されるまま、祭壇のある一段高くなった壇上《だんじょう》に足を踏み入れた。

祭壇周辺には、天井からいくつもさがっている常夜灯がある。図らずもそれが暖房《だんぼう》器具がわりになっていて、壇上は信徒席側に比べれば段違《だんちが》いの暖かい空気に包まれている。

信徒席の床は大理石のモザイクなのだが、こちらは磨きぬかれた飴色《あめいろ》の板を寄せて美しい文様を描きだしていた。下からの底冷えがないのも、この場所が暖かく感じられる理由の一つだろう。

陛下は、司教席と司教補佐《ほさ》が腰掛《こしか》ける椅子《いす》を向かい合わせにして、私に司教席を勧《すす》めた。

私が一礼して司教席の長椅子《ながいす》に腰をかけると、陛下は腰の剣を私と自分の間の床におく。

これも、貴婦人に対する心遣いの一つだ。

もし、不埒《ふらち》なことをしたらこの剣をもって我が胸を刺《さ》して構わないという意味である。

(現実問題として、これ、私には抜けないと思うけど)

飾《かざ》り気《け》のない、無骨な実用一辺倒《いっぺんとう》の剣は見るからに重量がある。持ち上げることができるかも怪《あや》しい。

「さて。私の話をする前に、君の話を聞いておきたい」

「私、ですか？」

「そう。何がきっかけだったのだろう？」

陛下はどうあっても、なぜ私が陛下を疑ったのかを知りたいらしい。

何というほど明確な何かがあったかといえば、実はないのだ。

一つ一つは些細《ささい》な違和感《いわかん》だったり、疑問だったり、新たに発見した事実だったり……それらの積み重ねが収束した結果が疑惑につながったといえる。

「たとえば、私の大切にしているものがいつも失われること……管理の厳しいといわれている西宮の、更に最も出入りが制限されている私の宮で、なぜそんなにも頻繁《ひんぱん》に物がなくなったり壊《こわ》されたりするのでしょう？　単純に考えて、内部犯を疑うのが当然の流れです」

「そうだね」

「私の宮にいて不自然に思われることなくそれらに手が届くのは、言うまでもなく侍女達《じじょ》です。私の侍女はなかなか定着しないことで知られています。女官《にょかん》であるリリアは別としても、これまでの侍女達は短ければその日のうちに、逃げ出したといいます。一年保てば褒賞《ほうしょう》に値《あたい》するといわれるほど入れ替わりが激しかったそうです。何らかの処分を受けた者も多かった……彼女達についてリリアに聞くとおもしろいことがわかりました」

「おもしろいこと？」

「全員とは言いませんが、そのほとんどが本宮に近親者が勤務しており、大半が後宮《こうきゅう》と何らかの縁を持っていたのです」

後宮は、陛下の私的空間だ。そこに縁のある人々は、何らかの形で陛下の影響下《えいきょうか》にあると考えられる。

「それが？」

「亡くなったエルルーシアもそうでした。彼女は、王妃殿下の命《めい》で私に仕《つか》えていたのです」

「ふむ」

陛下を見上げた。こうして見る分には普通の中年男性だ。まだ五十を幾つか過ぎただけのはずで、見た目はだいぶお若い。

ただ、少し痩《や》せすぎではないだろうか。

私が普段目にしている男性が、護衛の騎士か王太子殿下なので、余計にそう思うのかもしれない。彼らは別に太っているというわけではないのだが、よく鍛《きた》えているせいで陛下のような線の細さを感じさせない。

「西宮に移り、リリアが来た頃からは、そういったことが激減したといいます。それは、西宮の最奥《さいおく》の王太子妃宮に入ることが困難になったこと、リリアという有能な専属女官の目を盗《ぬす》むことが難しかったこと。そして、度重《たびかさ》なる事件のせいで陛下が私に何かした人間を決して許さないということが周知の事実となったためでしょう。……ですが、ゼロになったわけではなかった」

だからこそ、アルティリエは自分の宮の図書室に、大切なものを隠していた。

「亡くなったその侍女を疑っているのかね？」

「……私が、この王宮に戻ってきてから、そういった事件は一度もないのです、陛下」

すべてがエルルーシアの仕業であったとは思わない。

けれど、彼女が誰かの……おそらくは王妃殿下の……手であったことは事実だろう。先ほどのユーリア妃殿下もそれを否定されていない。

「考えすぎだろう。そもそもユーリアが、自身の信頼できる者を侍女としてそなたの側近くに仕えさせるは当たり前だ。あれはそなたの母代わりなのだから」

「その言葉だけを聞けばそうなのですが、エルルーシアは表向き、王太子殿下に仕える父の縁で宮殿《きゅうでん》にあがっていたことになっているので」

「表向きというのは、虚偽《きょぎ》なのかね？」

虚偽であれば厳罰《げんばつ》に処さねばならぬ、と陛下は眉をひそめた。

「虚偽ではありませんが、絶対的に正しくもなかった……だったらなぜ、そのことを隠していたのか……別に隠すようなことではないはずです。隠したのは、王妃殿下とのつながりを知られたくなかったからなのではないでしょうか？」

王太子殿下に、その事実を知られたくなかったのだと考えるのは穿《うが》ちすぎだろうか？

私の本当の疑問は、『王太子殿下に隠しとおせると本当に考えていたのだろうか？』なんだけど、それは誰にも問えないことだ。

「だとすれば、そなたを狙っているのは私ではなく、ユーリアなのではないか？」

「いいえ」

私は静かに首を横に振る。

「なぜだね」

「王妃殿下は、王妃であることがご自身のすべてのように思っておられますから」

ユーリア妃殿下は、王妃であるご自身に強く執着している。

愛する祖国の滅亡《めつぼう》を救えなかったことや、ご自身が身代わりであると思っておられることなど……それらのすべてとダーディニアの王妃であることを引き換《ひか》えのように思っているのだ。

何よりも、陛下が第一王妃としてのユーリア様を常に立てておられるという事実……身代わりであっても、愛されていなくとも、王妃としてなら隣に立てることを心の拠り処《よりどころ》としているのだと思う。

(何となく、わかる部分もある)

王妃殿下は、王妃である自分にしか価値がないと思っておられるのだ。

そんな王妃殿下が、ダーディニアという国が必要としている私を害するはずがない。

「ユーリア妃殿下は、陛下の意向を汲《く》んだだけなのではないでしょうか」

(何よりも、あの方は私にそれほど関心がない)

関心がない、と一言で言ってしまうと語弊《ごへい》がある。強《し》いていうならば、私個人に特別な何かがあるわけではないと言うべきか。

ユーリア妃殿下にとって私に何らかの価値があるとすれば、それは陛下が私に執着なさっているという点だけだ。

だから、陛下というファクターを挟まないで私に何かをしようとは考えないと思う。

つまり、彼女の言っていた『ささやかな嫌がらせ』さえも、私は彼女自身の意志ではないと思っている。

「私の？」

「はい」

私は首を縦に振る。

陛下は答えない。

「ユーリア妃殿下は、私に何かするほど私を愛しておられませんから」

私の言葉に、陛下は笑みを浮かべた。

「陛下は、何もなさらなかった……ただ、ごらんになっていただけだった。ご自身の言葉一つ、あるいはその言動一つに右往左往する人々を」

この国の政治を動かしているのは、王太子殿下だ。

陛下は政《まつりごと》に関心がなく、口を挟もうとしない。

そんな陛下が日々、何をしておられるか……それは『社交』だ。

夜会や舞踏会《ぶとうかい》、あるいはお茶会や音楽会……陛下はそういった催《もよお》しがお好きで、どこかで開かれている何らかのイベントに毎日こっそり参加している。

お忍《しの》びの参加という体裁《ていさい》をとって参加しなければならないほど、陛下の各種催しへの行幸は盛《さか》んなのだ。

(政治的権力からは離れていても、貴族達への影響力は大きい)

政治的権力が伴《ともな》わなければ影響力などないだろうと考える人もいるかもしれないが、仮にも国王陛下である。実権は王太子殿下にあれど、陛下は王太子殿下にそれなりの影響力をもっていると周囲にみなされているのだ。

「今回のこともそうでした。陛下は、殺したいというよりは、仮にそれが私の死を招いてもかまわないと考えておられたのだと思いました」

殺そうとしている……あるいは私が死んでも良いと思っている人達と、さほど直接的ではなくとも、私を狙っている人達……これらの間に何の違いがあるのか。

フィル＝リンは違いがあると考えていた。

殺そうとしている者と嫌がらせをしている者は別であるのだと。

目的がまったく違うのだから、同じであるはずがないのだと。

確かに別物ではある。

私も違うのだと思っていた。でも、そのどちらに所属するかは、そう大した差ではなかった。

なぜなら、実行する手がどれほど違っていたとしても、それを動かす意思はひとつだったから。

「本当にそなたにはわかっているのだね」

どこか甘《あま》さを孕《はら》んだ声だった。

「証拠は何一つありませんけれど」

陛下は、床に片膝《かたひざ》をついて、私と目線の高さをあわせる。

慈しみに満ちた眼差しだった。

「君を害そうと思ったことなど、誓って一度もないのだよ」

その手が、私の髪《かみ》をそっとすくう。背筋がびくりと震えたが、私はその手をはねのけなかった。

事の、その中心にいたのが陛下だとしても、この方が私を大切に思ってくださっていることは否定できない。

今こうしている陛下に、真実、嘘はないのだ。私はそれを知っている。

「でも、結果として、あの時までの私は失われました」

(あなたこそが、アルティリエを殺したのだ)

そう思うのに、なぜか責めることができない。

ただ、胸が締《し》め付《つ》けられて息苦しかった。

「君はこうして傷一つなくここにいる」

「身体的には、ですね。でも、心は別です。……だから、私は思い出すことができないのでしょう」

身体が覚えている事。

不意に襲《おそ》いくる泣きたくなるような切なさだったり、理由のない恐れだったり……あるいは、どうあっても胸の片隅から消えない淋《さみ》しさだったりするそれは、きっとかすかな記憶の残滓《ざんし》だ。

医師は何かの拍子《ひょうし》に思い出すかもしれないと殿下に言っていたが、私はもう思い出さないだろうと思っている。

(『私』が、ここにいるから)

「何度も申し上げていますが、記憶が失われるというのは、それまでの自身を失うことです。私の中には、それとわかるような記憶はいっさい残っていませんでした。それまでに過ごしてきたすべてを私は失い……それは、それまでの私が殺されたということに他ならないのだと思います。陛下に私を殺すつもりはなかったとしても、そのことを予測しなかったわけではありますまい」

「ティーエ……」

「……なぜ、私はあの冬の湖で殺されたのでしょう？」

さっきも問うた同じ問いを、言葉をかえて繰り返した――陛下の眼差しが揺らぐ。

他国の人間にも狙われているかもしれない。あるいは他にも狙う者がいるのかもしれない。

でも、これほどまでに守られている私の身に迫《せま》ることができる者は、そう多くはない。

「陛下の私に向ける優しさを、嘘だとは思いませんでした……でも、怖《こわ》いと思いました。妃殿下もそうです。目が覚めて、何も覚えていないのに怖いと思うことをやめられなかった。……最初は、王太子殿下のことも怖かったのです。でも、それはすぐに消えた。なのに、陛下や妃殿下を怖いと感じる思いは消えなかった」

私の中には確かにアルティリエがいて、その記憶がかすかに残っている。

「ティーエ……」

「愛することと憎むことは、とてもよく似ています」

それはユーリア妃殿下を見ていればわかることだ。

私はまっすぐと頭を上げる。

「……ティーエ」

その声音がどこか悲痛な色を帯びる。

「陛下は、私のせいで母が亡くなったとお考えなのですね」

息を呑む音がする。

「私を産んだせいで、母が死んだのだと」

私は陛下を見る。

陛下もまた、私を見る。

エフィニアの子ゆえに、私を愛する。

だとすれば、そのエフィニアを死に至らしめた私に対しては？　どちらも同じ私には違いないが、どちらが陛下の中で大きな割合を占めるのだろう。

ううん。どちらかである必要はない。それは表裏《ひょうり》一体《いったい》だ。

ただ、時として、どちらかに傾《かたむ》くだけで。

交《か》わした視線を先にはずしたのは、陛下だった。

「そなたに罪はない……そなたのせいではない……わかっているのだ」

「でも、私を産むことで母が亡くなったのは事実です」

「……違う……いや、違わないのかもしれない。だが……」

それから、まるで何かに憑《つ》かれたかのように、違う、違う、違う……と何度も繰り返し、激しく頭を振った。……陛下の表情が苦悶《くもん》に歪《ゆが》む。

「……余が……憎しみを募《つの》らせたのは、あの男だ」

余の可愛《かわい》いエフィニアを死に追いやった男、と陛下は地の底から響いてくるような憎悪の響きでエルゼヴェルト、と呟《つぶや》く。

「あの男を殺してしまいたいと思った。ああ、頭の中では、何度も何度も殺したとも。だが、現実には殺せない。余のエフィニアを殺した男を、余は殺すことができない。あの男が死ねば、そなたの身が危うくなる……エフィニアの遺《のこ》したそなた……ティーエの血を引くそなたの身が危うくなる。そんなことをゆるせるものか」

〝ティーエ〟――そう呼ばれたのは私の名ではない。

「そなたは、余の可愛いエフィニアの娘。だが、同時に殺しても飽《あ》きたらぬあの男の娘でもある。愛おしくて、大切でならないのに、憎らしいとも思う。そなたの身を守らねばと思う反面、そなたさえいなければまだ生きていたのかもしれないとも思う」

入れ替わる躁《そう》と鬱《うつ》が、めまぐるしく陛下の表情を変えていた。

「なぜ、エフィニアの婚姻を止めることができなかったのかと問うたな。……確かにそなたの言うとおり、無理をすれば婚約を破棄することもできただろう……聖堂においても、エフィニアの婚姻に同情を抱く者は多かった。婚約証書を取り戻すことはできない相談ではなかった。だが、婚約を破棄してどうする？　婚約を破棄したエフィニアを誰と結婚させるのだ？　……ああ、候補は他にもいたとも。王女が嫁《か》すは最高の栄誉《えいよ》だ。……だが……」

陛下はその言葉を口にするのをおそれるように、口ごもる。

「……陛下」

私はまっすぐ陛下を見つめ、その先を促した。

「……一番の候補は、王太子だったのだ」

ひどい笑い顔だった。大きくゆがんだその笑みは、笑っているようであり、どこか嘲《あざわら》っているようでもあった。

そして陛下は、酷すぎる皮肉だった、と更に頬《ほお》を歪める。

「素行に多大な問題があるとはいえ、エルゼヴェルトを退けるのだ。エフィニアの次の相手はそれなりの身分がなくばなるまい。あれは、その条件に合っていた。我が父王に王太子と定められた身だ。まったく問題はあるまい。いずれ生まれるエフィニアの子と結婚させるよりも、よほど似合いだった……誰もがそう思っただろう。エルゼヴェルト以外の三公からも、その提案があったくらいだ」

「それでは、いけなかったのですか？」

私は、答えを知っていた。けれども、あえて問うた。

陛下の口からその答えを聞かなければならなかった。

「余は、それだけは認められなかった。どうしても認められなかった。エフィニアを王太子の妃にしない為には、あの男に降嫁することを許すしかなかったのだ」

（それは……）

「幸いなことに、エフィニアはあの男に恋をしていた。一方的なものだったが、エフィニアは降嫁する日を指折り数えてさえいたのだ」

騙《だま》されていたのだが、と呟く。

「……そなたの言うとおり、余はわかっていた。恋に恋をするように理想の男を公爵に映してのぼせていたエフィニアは何も気付いていなかったが、エフィニアの行く末を私は知っていた。知っていたが止めなかった……止められなかった。あれの婚約破棄を認めることができなかったからだ」

「婚約破棄が成立し、王太子殿下との婚姻が成立したら困るから、ですね」

私は慎重《しんちょう》に確認をとる。陛下はうなだれながらも、首肯《しゅこう》した。

「余は、後悔《こうかい》した。ああ、そうだ。余は王になどなるつもりはなかった。なれるはずなどないと思い知らされていた。すべて諦めていたから、ユーリアを娶《めと》った。それが、ささやかな余の抵抗であったのだ。なのに……余の思慮《しりょ》のなさが……ユーリアを望んだ余の浅慮《せんりょ》が、エフィニアを殺した。余がユーリアを望まなければ……婚姻などせず、子など持たなければエフィニアは死ななかったのだ。『ティーエ』の遺したたった一人の子が……」

泣いているのだと思った。

涙はどこにもなかったけれど、陛下は泣いているのだと。


シュターゼン伯爵やフィル＝リンの知る、かつてのご一家は、ごく普通の家族だった。子供にあまり関心がなく、少々扱いにくい父親とそんな父親との間をうまくつないでいた聡明で優しい母親、仲のよい子供達……だが、降ってわいた王冠《おうかん》の存在が、その家族の様相を変えたのだという。

だが、果たしてそれだけだったのだろうか？

「私はあの男が憎かった。憎くて憎くてならなかった。殺しても飽《あ》き足《た》らぬ……だが、現実には殺すことなどできないのだ……あの男の罪は許しがたい。だが、罪ならば私にもある」

「…………」

「そなたは、可愛いエフィニアの娘……だが、愛しいと思うのに、そなたもまたエルゼヴェルトであるという事実が、心に棘《とげ》のように突《つ》き刺《さ》さる」

そなたはエフィニアの娘であると同時にあの男の娘でもある。と、陛下は苦々しい口調で言う。

そう繰り返すたびに陛下は、瞳の奥の虚ろをなおも深いものにしてゆく。

「おそらくは、その余の逡巡《しゅんじゅん》を、側にいた者達はそれぞれに受け止めたのだ」

相反する二つの感情。

まったく異なる二つの望み。

ある人には慕る愛しさが伝わり、ある人には押し殺しきれない憎しみが伝わる。

「誰が最初にはじめたのか……はじまりは、他愛ない嫌がらせだった。そなたの気に入りのドレスを汚《よご》したり、あるいは、大切にしていたカップを壊したり……そのたびに、泣いているそなたを抱きしめ、その背をなでた」

小さな小さなそなたは、私の腕の中で泣いた。

目下の者には涙を……弱さを見せてはならぬ、それが王族だ。だからこそそなたが泣けるところは限られていた、と陛下は言う。

「そなたはとても辛抱強《しんぼうづよ》かった。それでも、我慢《がまん》できないことはあるものだ。……そなたが私に縋《すが》り、私の言葉に慰《なぐさ》められていることに、私は歪んだ満足を覚えた。そして、それに気付いて愕然《がくぜん》としたのだ。あまりの自分の醜《みにく》さに吐《は》き気《け》を覚えさえした」

私は、震える拳をぎゅっと握り締める。

「エフィニアに生き写しのそなたを見ていると心が和《なご》んだ。だがその反面、そなたを傷つけることで愉悦《ゆえつ》を覚える自分がいるのだ」

余の密かなその愉《たの》しみに、まずユーリアが気付いた、と陛下は昏《くら》い笑みを浮かべて言う。

「ユーリアは何も言わずとも、私の望みを汲んだ」

ささやかな嫌がらせが繰り返された。

妃殿下の手は、陛下の手である。

自身の手で傷をつけ、自身で慰める。

滑稽《こっけい》で醜悪《しゅうあく》な図式。

「そして、それはユーリアの思惑《おもわく》を超《こ》えて周囲に広がり……急激にエスカレートした。……そこが後宮だったがゆえに」


後宮は、閉ざされた空間だ。

女たちの嫉妬《しっと》と羨望《せんぼう》がうずまく、ある意味、現実から隔離《かくり》された箱庭。

そんなところに、火種が生まれたのだ。

傍《はた》から見れば、ユーリア妃殿下が嫉妬心から、アルティリエを虐《いじ》めているようにも見えただろう。

そして、アルティリエは後宮中から嫉妬されていたのだ。

「余の関心をかうという一点において、目的は同じであったが手段はそれぞれに違っていた。ある者はそなたに罵声《ばせい》をあびせて貶《おとし》めようとしたし、ある者は些細というには悪辣《あくらつ》すぎる嫌がらせをして虐め苛《さいな》んだ。また、ある者はそれからかばってみせることで余に最も影響力を持つと言われていたそなたの口から、自身への賛美をひきだそうとした。後宮中がそなたを目の敵にしていた。余は、女という生き物の醜悪さを目の当たりにしたよ」

だからといって、今更幻滅《いまさらげんめつ》するということもなかった、と陛下は口にし、それから付け加える。

「何しろ、最も醜悪なのは私であるという自覚があるからな」

穏やかな様子なのに、その言葉にはどこか底のしれない熱がある。

まるで、さきほどのユーリア妃殿下のように。

「そなたを肉体的に傷つけることは許されなかった。傷を負わせなかったとしても、挨拶《あいさつ》に来なくなるほどのことをした者も許さなかった」

ほんのわずかでも傷をつけることを許したら、どんな大怪我をするかわからない。だからそこには慎重に目を配ったのだ、と陛下は言う。

「そなたが失われることがあってはならない……危険な状態にあることはわかっていた。すべてが私の思い通りに運ぶわけではない。暴発することとてありえるのだ。なのに……それなのに、救いようのないことにそこに至っても、余は余の腕の中でそなたが涙を流すたびに、あるいは、どうしても耐《た》えきれずに一つずつ感情を失《な》くしていくたびに、心が震えた。傷つけたのは自分であることに昏い喜びを覚え……それでありながらそなたを傷つける者を憎み、厳罰を与え、我が手でそなたを庇護することに酔《よ》っていた」

そのどうしようもない泥沼《どろぬま》。

救いがない、と思う。

幼いアルティリエに、抵抗する手段はない。

「やがて、そなたの侍女が怪我をしたり……死者も出た。随分と噂にもなった……それでも、後宮だけでおさまっていればまだよかった。だが、騒ぎは表にも飛び火したのだ。無関係な人間が何人か死んだ……。大司教《だいしきよう》の乳母や、王太子の学友やら……私は何が起こったのかわからなかったよ」

「…………」

「悪意というものは伝染《でんせん》するのだと知った」

そなたが何も関わらないところで、思いもかけないような事件がおきたのだ、と陛下は言う。

誰もが、心の中に隠し持つ悪意。

誰だって腹をたてたり怒りを覚えることはある。それが現実の事象に結びつくことはそう多くはない。

人は理性ある生き物だ。そして、『時間』は感情をも昇華《しようか》することができる。

でも、陛下の悪意は、他者の悪意に火をつけてしまったのだ。それが罪となるほどに。

「人とはどこまでも欲深く、醜悪なものだ。余は、それをただ見ていた」

「止めようとは思わなかったのですか？」

「直接見知った者ならばともかく、どういう影響で何が動き、誰がどうしたのか……もう私にもわからなかった」

陛下は無表情に言葉を重ねる。

「私は傍観者《ぼうかんしゃ》だった。いや、時に新たな火種を投げ入れることさえした。どうでもよかったのだよ。私は大概《たいがい》のことに関心がない」

むしろ、おもしろい見せ物のように思っていた、と陛下は無慈悲《むじひ》とも思えるような発言をする。

時々、身の程知らずにもそなたを傷つけた人間を処分するのも、退屈《たいくつ》しのぎには良かった、と。

「他者が何人死のうと気にならなかった。私には何もない。……やがて、王太子が気が付いた。本格的に国政に関わり、まだ大学にも通っていた時期だったのだが、あれは細かなところにもよく気が付く」

「気付いた殿下が、私を後宮から連れ出したのですね？」

「そうだ」

陛下は大きくうなづく。

「そこでまた新たな事件がおこった。……いや、あれは、私が起こしたというべきなのか……私の寵姫《ちょうき》とされていた女がいた。以前からずっと余計な野心を抱いていた女だ。女はずっと、妃になりたがっていた。それも、側妃ではなく、王妃にだ。確かに私の正妃《せいひ》の座は二つしか埋《う》まっておらぬ。だが、なぜ己《おのれ》が残る座に就けるなどと考えたのか……余にはその思い上がりがまったくわからぬ。正妃の地位が、なぜ四大公爵家の娘にしか許されないのか……ユーリアがその地位に在《あ》るから自分もなれると思ったか？　狭《せま》い後宮の中で華《はな》やぐことしか考えておらぬ愚《おろ》かな女……自分の美貌《びぼう》が私を虜《とりこ》にしているのだと思い込んでおった。私がそれまで何も言わずにあれの望みを叶えてやっていたのは、あれとは話をする必要を認めなかったからだ」

酷薄《こくはく》な表情は、外面を整えている時の殿下との相似《そうじ》を強く感じさせる。

「そもそも、あの女を選んだのは、あの女がエフィニアの最も近しくしていた学友だったからにすぎぬ。あれは黙って座っているだけでよかった。余はあれを見るたびに、たやすくエフィニアの思い出をたどることができたのだ……」

あれらはいつも二人でいたから、と呟くその眼差しは、遠くに向けられている。

「ただそれだけの価値であったのに、よくぞ思い上がったものよ。あれはそなたなど知らないと言った。そなたを狙ってなどいないと。狙っていなくとも、巻き込まれれば同じであろうに。あれは最後まで、自分だけは許されるだろうと……後宮に戻れるだろうと思っていたようだ。私がティーエを狙った者を許したことなど一度もないというのに。余の側近くにありながら、何を見ていたのか理解できていなかった」

寵妃など、その程度のものだ、と陛下は嘯《うそぶ》く。

「そなたが西宮に居することになって、私は心のどこかで安心した。王太子は本当に出来の良い子だ……あれの元にいるのならば、きっと守られるのだろうと思った。……だが」

陛下はそこで言葉を切り、そして嗤った。

「だが、安心するのと同時に、どうしようもなく心が揺らいだのだ」

「…………」

「余は、そなたを王太子に奪われたと思った」

「私たちの結婚を決めたのは、陛下であったはずですが」

「ああ、そうだとも。エルゼヴェルトから取り戻すのにはそれが一番の方便だった。同時に、四大公爵家の者ではない母から生まれた王太子には、絶対にそなたが必要だった……どんな手をつかったとしても絶対に必要なのだ。父王の遺言《ゆいごん》でもあった。だから、それは最適な理由になった。余は、もう二度とそなたをどこにもやるつもりはなかった」

吐き捨てるような語尾《ごび》に、憎しみと怒りがほの見える。

『エルゼヴェルト』はそれほどに憎しみをかきたてる存在らしい。

「王太子の元にそなたが連れ去られ……半年もせぬうちに事はおさまりつつあった。あれは、事の本質がどこにあるのかよくわかっていた。まあ、そうでなくばこの国を治めることなどできまい。……巧《たく》みに実権を握《にぎ》り、私の周囲に統制を加えるようになっていた」

陛下を止めることはできない。陛下は何もなさっていないのだから。

でも、その周囲を止めることはできる。

殿下は、陛下の手足となる人々、陛下の影響で動く人々を統制することで、事の沈静化《ちんせいか》をはかったのだ。

「…………」

「そして、私は、そなたの心が王太子に傾きはじめていることを知った」

ある意味、それは当然だ。

泥沼な状況に投げ入れられていた幼い少女が、自分をそこから助け出してくれた相手に心を傾けぬはずがない。

ましてや、その相手は夫なのだ。想っても許される相手だ――――普通ならば。

「救いようのない私は、喜ぶより先に怒りを覚えたよ。そなたを奪われた、という思いが一層募ったのだ。それは、エフィニアのことを私に思い出させた」

「殿下は陛下の御子です」

「ああ、そうだ。……だが、私ではない。私にはあれがエルゼヴェルトと重なった……私からエフィニアを奪った憎きエルゼヴェルトに」

「似ているところなどございません……殿下はユーリア妃殿下と陛下の御子です。エルゼヴェルトではありません」

「ああ、そうだ。だが、その事実もまた私の怒りをかきたてる……あれがエルゼヴェルトであるならば、そなたを与えずともよかったのだから」

口にしている矛盾《むじゅん》を矛盾とも思わぬ様子で、陛下は笑う。

私はやりきれない気持ちになった。

「……今のこの事態に、陛下は関わっておいでなのですか？」

「この事態とは、何を指すのだね」

「……今起こっている戦《いくさ》のことです」

エサルカルの政変からはじまる帝国軍進攻《しんこう》にいたるまでの流れに、この方が何か影響を及ぼしたことがあったのだろうか？

だが、まさか、という思いしか浮かばない。

ダーディニアは婚姻外交こそないものの、別に鎖国《さこく》をしているわけではない。

友好国は王都に大使館を構えているし、こちらからも派遣《はけん》している。

そして、陛下は外交にはほとんど携《たずさ》わっていないのだ。

「さて？　……余は、帝国やらエサルカルやらの匂《にお》いがする謁見者《えっけんしゃ》に多少のリップサービスはしたが、売国奴《ばいこくど》になった覚えはないいな」

陛下が好んで許す謁見者は、音楽家や芸術家だ。

陛下は『芸術の庇護者《ひごしゃ》』として知られている。普通どこの国でも、国王陛下への謁見はそれなりの身分でなくば叶わないが、ダーディニアでは、陛下の関心をひくような一芸をもっていれば目通りが叶う。

たとえ敵国と認識《にんしき》されている帝国の民であったとしても、高名な音楽家、あるいは画家であれば謁見が許されるのだ。

(多少、身分が怪しくても)

「何をされたのですか」

「何もしていないよ、ティーエ。ただ、あれらの使者を名乗る者の話を笑って聞いてやっただけだ。何度かうなづいてもやった。それだけで今のこの事態があるとしたら、その方が驚きだよ」

もし、そうなのだとしたら、帝国もエサルカルも随分と単純なことだ、と陛下は口元を歪める。

「余の身辺に、帝国やエサルカルの手の者が入りこんでおることが不思議か？」

「はい」

陛下の身辺は、王太子殿下の統制の下にあるとさっきご自身でおっしゃっていたはずだ。

エサルカルはまだいい。エサルカルは政変の前は友好国だったのだから。

だが、帝国は完全に敵国だ。特に帝国では、ナディル殿下は悪鬼羅刹《あっきらせつ》のような扱いだと聞いた。帝国にとって我が国は最大の敵国であり、我が国にとってもそれは同じだ。

敵国とのかかわりを疑われるような人間が、陛下の側近くに在《あ》ることを見逃されるとは思えない。

(我が国……)

自然にそういう発想が浮かぶこと、それがこのダーディニアを示すことに気付いて、私は自分に少し驚いた。

「余は、心底、政を疎《うと》んじているのだが、そうとは思わない人間が多くてな。権力というものはよほど魅力的《みりょくてき》なものであるらしい。できもせぬくせに、王太子から実権を取り戻してやると持ちかけてくる人間が多いのだよ。王太子に実権を奪われ、それを取り戻したいと余が思っていると思い込んでおるのだ」

なぜ、余がそんな面倒《めんどう》くさいことをせねばならぬのだと、陛下はため息をつく。

「余は、政に関わらぬ。そう決めておる。王太子には済まぬと思うことがあるのだ……だから、おかしな者があれば、ちゃんと王太子に伝えもする。王太子はちゃんと知っていた。取《と》り締《し》まることばかりがすべてではない。顔がわかっている間諜《かんちょう》など間諜でも何でもない。ただの伝書鳩《でんしょばと》だ」

そう口にされる陛下を見ながら、やはり、この方は生まれながらの王族であるのだと思った。

政を厭《いと》い、それを公言し、ご自身で遠ざけているにも関わらず、支配する者としての意識が根付いている。

「そなたは、自分が何の為に生まれてきたのか考えたことがあるか？」

陛下の言葉に、私は大きく目を見開いた。

全身が震えた。

（ある）

私ははっきりきっぱりとそう答えられる。

というよりは、目覚めてからずっとそれを考えていた。

なぜ、私の記憶が蘇ったのか。

私がここにいる意味を知りたかった。

「余はそれを確かめたくて、賭けをはじめた」

「それが、私を挟んで殿下と対峙《たいじ》されることだと？」

「王太子を試そうと思ったのは確かだ。だが、それだけではない……ただ、そなたはこの国そのものを象徴《しょうちょう》し、王太子は変革であり、未来から吹く風であり、新しい血だ。私は……変えようのないこれまでの歴史であり過去であり、王家の歴史に澱《よど》んだ汚濁《おだく》そのものだ。そなたという存在が唯一無二《ゆいいつむに》のものになってしまった時、私達が象徴するものに思い至《いた》り、運命の皮肉のようなものを感じた」

「運命、ですか？」

「ああ……人ではどうにもならない何か、計算や謀《はかりごと》ではどうにもならない何か……私はそれに抗《あらが》い続けてきたつもりだった。けれど、結局私がたどり着いたのは私が逃《のが》れたいと思ってきたその続きでしかなかった」

陛下のため息は深い。

この方は、何に抗ってきたのだろう。

記憶のない私は、この方に対する何らかの思い入れや強い感情に欠けている。あるのは、アルティリエの持っていたその欠片と、どうしようもないやるせなさだ。

「陛下と殿下がなさってきた賭けの勝利条件は何ですか？」

陛下が一方的な賭け、と考えておられたとしても、殿下が気付いていなかったわけではないだろう。

ただ、殿下は、先延ばしにしておられたのだ。……陛下と決着をつけることを。

単純に決着をつけるのならば、本当は陛下を押さえてしまうのが一番良い。陛下を軟禁《なんきん》なり幽閉《ゆうへい》なりしてしまうのが最適なのだ。

そして、殿下にはそれがおできになる。

それでも、王太子殿下はそれをしなかった。たぶん、したくなかったのだ。

「勝利条件か……」

陛下は私を見て、小さく笑った。

私抜きで陛下と向き合ってくだされば良いのに、と思う。けれど、それができないのがこの親子なのだろう。断絶っぷりがあまりにも酷すぎる。たぶん、二人きりにさせたとしても、無言でそのまま朝まで平気でいるのだろう。どちらもスルースキルは最大限に鍛えられていそうだ。

「……もう、詰《つ》んだよ。そなたがここに来た時点で、王太子の勝ちだ」

「なぜですか？」

「私が勝負から降りるから……王太子が相手ならばいくらでも続けられるが、そなたとは無理だ」

陛下は、私の頭にそっと手をやる。

「私は、本当にそなただけは大切なのだよ」

それだけは疑わないで欲しい、と、陛下が心の底からおっしゃっていることがわかるのが嫌だった。どうしようもないやりきれなさが募る。

さんざん傷つけたのは自分のくせにと恨《うら》み言《ごと》の一つも言いたくなる。

（私は淑女《しゆくじよ》だし、殿下の妃だから言わないですけど！）

「では、殿下ではなく私の勝ちですね」

何だか悔《くや》しかったのでそう告げた。

「……………え？」

陛下はきょとんとした表情でこちらを見上げる。

「陛下が負けたのは殿下にではなく私にですね、と申し上げたのです」

「ああ……余は、そなたに負けたのだな」

陛下は大きく目を見開き、そして、それならば赦《ゆる》せる、と呟いた。

ほおっと私は大きく息を吐く。

（今は、何時くらいなのだろう……）

私は時計を持たないので、時間を知る術《すべ》がなかった。

（戻りたい……）

自室の寝台にもぐって、何もかも忘れて眠ってしまいたいと思うけれど、残念ながら、まだそれは許されない。

「……さて、長い昔話になるが、そなたにはまだ聞いてもらわねばなるまい」

余には時間がない、と陛下は笑った。

「おそらく、王太子と話す時間はとれぬであろう」

殿下は今、国境か……あるいはその周辺にいるはずだ。

開戦の知らせはまだないので、戻りは更に先になる。

一月先《ひとつき》になるか二月先になるかは状況次第《しだい》だ。

時間がないというのはどういうことなのだろう、と思いながら、ふと、その顔色の悪さに病ではないかと気付いた。

「陛下？」

私が問うまでもなく、陛下は何を聞きたいのかわかったのだろう。

柔らかな笑みを浮かべて先に告げた。

「余の生命の期限は、あと一月にも満たぬのだそうだ」

穏やかな口調だった。まるで、明日の天気は晴れだと告げるような何気ない声の調子で、私は一瞬《いっしゅん》、何を言われているのかわからなかった。

「なぜ、ですか」

平坦《へいたん》な自分の声に、頭のどこかで、ああ、そうなのか、と納得している。

「一年前だったか……、もう少し前だったか……胃に痛みを覚え……宮廷《きゅうてい》医師の診断《しんだん》の結果、胃《い》の腑《ふ》によくない腫物《はれもの》があると判明した。触れてそうとわかるほどのものでな。血を吐くようになったら三月《みつき》ももたぬだろうと言われた。その時だったのだ、最後の賭けをしようと決めたのは」

陛下は軽く首を傾げ、そして遠くを見る。何を見ていたのか……その眼差しはどこまでも遠い。もしかしたらそれは、私の知らぬ過去であったのかもしれず、その瞳にはどこか懐《なつ》かしむような、何かの痛みをこらえるような色が浮かんでいる。

「……終わりに、するために？」

「そうだ。かつてないほどにそなたに危険が迫ったのは、私が思いつめていたからなのだろう。……私が名も知らない彼らは、時として驚くほどに鋭《するど》いのだ」

彼ら……陛下の手足となる人々。だが陛下にとって、彼らは彼らという集団でしかない。もしかしたらそれらの人々の末端《まったん》に、エルルーシアや、あるいは、あのエルゼヴェルトのお城のスープ番の人がいたのかもしれない。

もう帰らぬ彼らを思う時、哀しみにも似た何かが胸を浸《ひた》す。

陛下は遊戯と言われたが、その遊戯で失われた生命がある……それを私はどうすればいいのかがわからない。

咎める権利は私にはなく、裁くこともできない。私に出来るのは、忘れないことだけだ。

「……医師が言っていたように、腫物はだんだんと硬《かた》くなりはじめ、他のところにも少しずつ同じようなものができているように思えた。私は焦《あせ》ったよ。このままでは決着がつく前に、自分が死んでしまうのではないかとね」

だが、間に合った、と陛下は笑う。私は笑みを浮かべることが出来なかった。

めまぐるしく頭が回る。

胃の腑の腫物やしこり……胃癌《いがん》なのだろうか？

私にはその類の医療《いりょう》知識があまりない。

この世界の医療水準がよくわからないが、陛下の口ぶりでは、あまり発達しているようにも思えない。

「とうとう、半年前に血を吐いた……区切られた生命の期限から、もう三月も長く生きている。私の執念《しゅうねん》もたいしたものだと我ながら思ったが、先日、侍医《じい》に言われたのだ。もって、あと一月だとな。だんだんと食べられなくなっているのがよくないらしい」

「……そんな……」

陛下が、死ぬ？

やっと、その事実をぼんやりと理解した。

「知っているのは、医師とそなたとユーリアだけだ」

「どうしてですか⁉」

他のお子様方も、他の妃方も知らないのだと陛下はおっしゃる。

(でも、ユーリア妃殿下はご存知なんだ……)

そのことが何となく救いのような気がした。

王妃殿下の掛け値《かね》なしの本音を聞いてしまったせいだろうか。もしかしたら、少し絆《ほだ》されているのかもしれない。

「ままならぬ人生だった。余の望みは何一つ叶わなかった……せめて、死ぬときくらいは自分の思う形で死にたい」

何をどう口にすればよいのかわからない。

どのような慰めも励《はげ》ましも、陛下には届かないと……無意味だ、と思った。

そもそも、こんな場面で何を言えばいいのかもわからない。自分がどんなに物を識《し》らないかをつくづくと思い知らされる。

「余はこれまで、ささやかな抵抗を繰り返してきた……今となっては何一つ意味がなく、むしろすべてが裏目にでたといってもいい。最後まで負け続きだったが……そなたに負けるのは、悪くない気分だ」

（私はとても勝ったとは、思えていませんが）

ただ腹立ち紛《まぎ》れに口にしてしまったのだが、陛下にはあの言葉が必要だったらしい。

「私も負けたが、王太子も負けた」

「え？」

「だって、そうだろう。この結末はあれですら予測していなかったはずだ」

くっくっと喉の奥で笑う。

「いえ、でも殿下ですから……」

「何らかの形でそなたが抜け出すことまでは想定の範囲内《はんいない》だったかもしれない。そして、ユーリアと対面することも予測していたかもしれない。だが……そなたがユーリアを退《しりぞ》け、私と対面することまでは……考えたことはあっても、ありえないと思っただろう」

「なぜですか？」

殿下なら何でも知ってる気がするのは、やはり、私の欲目なのか。

「私が誰よりもそなたを愛していることをあれは知っている。私が自分から己が犯人であることを示唆《しさ》するような真似はしないと思っていただろう。そして、そなたが限りなく真相に近づくことを予想はしても、よもやそれすら飛び越えて、ここにたどり着くとは思っていなかっただろう」

愛している、という言葉は、私に対して言われているはずなのに、陛下の眼差しは私ではない誰かの面影《おもかげ》を追っている。

「愉快《ゆかい》だよ……あの、失敗などしたことがないような男が、帝国もエサルカルも……そして、大学や国教会も含めてこの大陸のすべてをその手のひらにのせて転がしてきた男が、十五も年下の幼い少女にしてやられたのだ」

「殿下はきっと、負けたなんて思いません」

拗《す》ねたような響きになっていたとしたら、これほどまでに断絶していながらも、実は陛下が最も殿下の事を理解しているのではないか、と思えたからだ。

（たぶん、私にはわからないこと）

アルティリエの記憶を持たない私には、王であることも王族であることも、心底理解できたとは一生言いきれないと思う。

王妃殿下のおっしゃったことも、陛下のおっしゃったことも、頭ではわかるのだ。

ユーリア妃殿下の誇《ほこ》りも、陛下が賭けをされたその御心も、意味はわかるけれど、共感できるのはほんの一瞬だけだ。アルティリエだけではない私は、一番大事なのはそんなことではない、と思ってしまう。

「いいや、あれはそなたには敵《かな》わない、と思うだろうよ」

陛下は心底楽しげだった。

私は小さくため息をつく。

遠くで明けの三点鐘が鳴っていた。

午前三時……いつもなら間違いなく夢の中にいる時間だ。

なのに、眠気《ねむけ》を感じている暇《ひま》もない。

「夜明け前に戻るためには、話を急がねばなるまいな」

陛下は笑いをおさめて立ち上がる。

「……どちらへ？」

「聖堂附属《ふぞく》の図書庫だよ」

こちらだ、と誘《さそ》う陛下の後を追いながらも、私は何度か振り返った。

（……帰れないかもしれない……）

籠《かご》の鳥を外に放っても戻ってくることがあるという。けれど、私には一人で王太子妃宮に帰り着く自信はなかった。

第十三章　最初の姫と最後の姫

聖書の情景を模した五枚目の浮彫《レリーフ》が図書庫への扉《とびら》だった。この扉は浮彫の一部を動かすことで押し開くことができる。絡繰《からく》り仕掛《じか》けの扉にもいくつか種類があるらしい。

「わぁ……」

それは、見渡す限りの本に埋《う》め尽《つ》くされた空間だった。

本・本・本……どこを見ても本がぎっしりと詰《つ》まっており、上を見ても、下を見ても、すべての壁面《へきめん》が本で埋《う》まっていた。

部屋の中央には階上と地下へと続く二重螺旋《らせん》の階段がある。

（見ているだけで目が回りそうな……）

「これは、遺産《いさん》だ」

「遺産？」

「そう。ここにあるすべては、建国王《けんこくおう》の唯一《ゆいいつ》の妃《きさき》となった妖精《ようせい》の姫の遺産だ」

たぶんここは塔《とう》になっているのだと思う。明るく照らし出されてはいるものの、上の果てが見えない。

(この光はどこから来ているんだろう……ううん、この光は何なのだろう)

常夜灯《じょうやとう》はなく、陛下《へいか》はすでに手燭《てしょく》を持っていない。そして、この光量は常夜灯にはありえず、光の色も違っていた。

アルティリエは知らない光。でも、麻耶《まや》はこの光とよく似たものを知っている。

(……電気の、光)

青白いLEDの光だ。

「……なぜ、私をここに?」

「ここがそなたのものだからだよ」

「私の？　陛下のものではなく?」

「そう。そなたのものだ。余《よ》は管理しているだけにすぎない――初代王妃《おうひ》の遺産が自分のものになる意味が、よくわからなくて首を傾《かし》げる。

「すぐにわかる」

陛下はそう言って言葉をつづけようとして、躊躇《ためら》った。何度か口を開こうとして果たせず、小さく首を傾げる。

「……陛下?」

「さて、いざ話すとなるとどこから話せばよいのか……」

陛下は、少し困惑《こんわく》しているようだった。

私はそっと周囲を見回し、ふと、目をとめた。

飴色《あめいろ》の木目を生かした美しい細工の小卓《しょうたく》の上。銀のトレイに置かれていたのは、白磁《はくじ》のティーセットだ。

「……陛下、お茶にしませんか？」

思わず口をついて出た。

「お茶？」

何を言い出したのか、という表情の陛下に、「これ、使えますよね？」と問う。何とも不思議そうな表情をした陛下はおそらく、とうなづいた。

（……まずは、落ち着こう）

いろいろなことがありすぎてちょっと頭の中がぐちゃぐちゃだから、整理したい。

そのためにも、お茶を飲んで甘《あま》いものを食べて脳に糖分《とうぶん》を補給《ほきゅう》するべきだ。

（とりあえず、スコーンかな）

じーっと私の手元を凝視《ぎょうし》する陛下の前で、私はコートの下の鞄《かばん》から水筒《すいとう》をだし、ティーカップに紅茶を注ぐ。それから皿の上にスコーンを並べた。

「どうぞ、陛下」

「……これは？」

「私が作った焼き菓子《やがし》です。くるみとアーモンドがたっぷり入っています」

ぎっしり詰まったくるみとローストアーモンドのスコーンは、一緒《いっしょ》に樹蜜《じゅみつ》を練りこんである。

陛下はまじまじと小卓の上のティーセットと私とを見比べ、それからスコーンを手に取った。口にいれようかためらっている陛下の前で、大丈夫《だいじょうぶ》だという証明にスコーンをかじってみせる。

（あ、おいしい）

口にいれた瞬間《しゅんかん》、ふわりとバターが香《かお》る。シャクシャクとしたくるみとパリパリのローストアーモンドの食感が楽しい。

（ナッツ類と樹蜜ってすっごく合う）

ほんのりと甘い樹蜜とナッツとバターの味が口の中に広がって、食べ終わってしまうのがすごく残念だった。

（んー、次はこれにレーズンいれてもいいかも）

ナッツ類とレーズンの組み合わせは鉄板だと思う。食感もいいけれど、ナッツの香ばしさとレーズンの甘みの調和《ハーモニー》が最高なのだ。

「……これは、よくできている」

陛下が思わず、というように小さく呟いた。

「ありがとうございます」

和《なご》やかとまでは言わないものの、空気がふわりと解《ほど》けていた。

私は紅茶を口にして、ほっと小さな息を漏《も》らす。肩《かた》の力が抜《ぬ》けた。少し緊張《きんちょう》しすぎていたかもしれない。

陛下も肩の力を抜いて、どことなくリラックスした様子で口を開いた。

「そもそもの事の始まり、その原因が何であったのか……と問うならば、それは、このダーディニアという国の成り立ちのせいだろう。だが、直接的にというならば、それはティーエの……先の第四王妃エレアノールの、出生《しゅつせい》の事情だった。言葉を飾《かざ》らずに言うならば、エレアノールの母が、この国を裏切ったせいと言ってもいい」

スコーンを一つと紅茶を一杯――――それだけで、私と陛下の間にあった距離《きょり》は半分以下に縮んだ。一緒に何かを食べたり飲んだりするのってすごい大事だと思う。

陛下は天井に目を遣《や》り、それから、私を見て言葉を継《つ》いだ。

「エレアノールの母は、当時のエルゼヴェルト公爵《こうしやく》の二の姫エリザベートだ。王家から降嫁《こうか》した王女を母に持つ直系の公爵姫で、王族に嫁《とつ》ぐことを望まれていた。エルゼヴェルト公爵の妃というのは、王女がなるものというのがこの国の暗黙《あんもく》の了解《りようかい》だ。そして、エルゼヴェルトの公爵姫が王室に嫁ぐのもまた暗黙の了解である。それは我が国が存続するための約束事であり、密《ひそ》やかに守られ続けてきた……だが、エリザベートはそれを破ったのだ」

淡々《たんたん》とした口調だった。

「年頃になったエリザベートは恋に落ちた。熱病のような……あるいは、嵐《あらし》のような恋に。……エリザベートが恋した男はリーフィッドの公子《こうし》だった。後に大公《たいこう》となったが、所《しょ》詮《せん》は弱小国の長に過ぎぬ。本来エリザベートと婚姻《こんいん》を結べるような相手ではない。あれは、自分がエルゼヴェルトだという自覚がなかった。己《おのれ》が大切にされてきた理由を考えたことがなかったのだろう。だからこそ、あんな利敵行為《りてきこうい》を行うことができたのだ」

憎々《にくにく》しげな色が声に、それから、その口調に滲《にじ》んだ。

椅子《いす》に座っていなければ、私は絶対に後ずさっていた。

「なのに、だ。我らはそれを認めないわけにはいかなかったのだ。あれの産む子供の権利を守る為に」

確か、エリザベート大公妃が産んだお子様は先代の大公殿下《でんか》とエレアノール王妃のお二人で、現在の大公殿下は孫にあたるはずだった。先代大公殿下は早くにお亡《な》くなりになっていて、いま、エリザベート妃の血をひくのは、現大公殿下と私だけだとリリアに聞いた気がする。

（えーと、だから当代の大公殿下と私の母がイトコになるんだよね、確か……）

系図がちょっと曖昧《あいまい》というか、記憶《きおく》が怪《あや》しいのだけれど、血縁《けつえん》であることは確か。

「周辺の小国が、次々と帝国《ていこく》に併呑《へいどん》される中、リーフィッドのみが未《いま》だ独立を保っているのは我が国が援助《えんじょ》しているからに他ならない。だが、その必要はもうない。状況次第《しだい》だが、遠からずリーフィッドは我が国の領土となる」

「……それは、どういう意味なのでしょう？」

領土併合宣言か、あるいは、征服《せいふく》宣言なのだろうか。

「エリザベートが死んだ今、リーフィッドに援助の必要はないのだ」

エリザベート大公妃はつい先頃の春にお亡くなりになった。

『リーフィッドの春の女神《めがみ》』と呼ばれ、最後までその柔《やわ》らかな微笑《ほほえ》みで周囲を魅了《みりょう》されたという。

「なぜ、そこまでエリザベート様を？」

エリザベート様ゆえにこれまで援助をしてきたのだと言わんばかりの口調に、つい尋《たず》ねてしまう。

「エリザベートが、エルゼヴェルトだからだ」

当たり前のようにおっしゃるが、またしても怨念《おんねん》がこもっていそうな声音《こわね》になっている。

この方は、エルゼヴェルトという名がどれだけ憎《にく》いのだろうか。

「そして、それこそが、わが王家の秘密なのだよ、ティーエ」

陛下の目が、強い光を帯《お》びる。

「王家の秘密……」

「これを知ったら、君は逃げられない。それでもいいのかね？」

「構いません」

私はこくりとうなづく。

別に気負っているわけではない。即答《そくとう》できたのは、逃げるつもりなど最初からないからだ。

(だって、私は王太子殿下の隣《となり》に立つのだから)

それが、私の望む未来だ。

「…………」

けれど、陛下はなかなかお話し下さらない。

考えがまとまらないのか、私には話せないことがあって、それをどうしようか迷っておられるのか……。

「陛下、まず、私が気付いたことをお話ししますから、間違《まちが》っていたら教えてください」

「……ティーエ……」

ここは私から誘導《ゆうどう》すべきだろう。聞きたいことはたくさんあって……でも、時間は有限なのだから。

「ずっと、不思議に思っていました。それは、エルゼヴェルトと王家の関係についてです。さっきの陛下のお言葉で、はからずもそれについては確証を得てしまったようなものですが……話の整理の為に繰《く》り返《かえ》し申し上げますね」

私の書斎《しょさい》には、本と共にたくさんの地図や家系図があった。

その中の二枚……王家の家系図とエルゼヴェルトの家系図には書き込みがあった。

名前の下にひかれた赤い線は、王家に嫁いだエルゼヴェルトの姫君。青い線は王家からエルゼヴェルトに嫁いだ王女達。王家の家系図とエルゼヴェルトの家系図は、ほとんど同じ配色の繰り返しだった。

「ここに系図はございますか?」

「ああ」

陛下は大判の図書の収められている棚《たな》から、とても古い一冊を取り出してくれる。

中央の作業台に広げたのは陛下を含《ふく》めた近世のページだ。

「ご覧になってください」

系図を指で示す。

「エルゼヴェルトから嫁いだ陛下の母君、エルゼヴェルトに嫁いだ私の母……ほぼすべての代で同じように婚姻が繰り返されています。王妃の家と呼ばれるエルゼヴェルト……それは、言葉通りの意味でした。エルゼヴェルトの姫を母にも妻にも持たぬ王はいないのです」

「ラグレース二世」

陛下は何代か前の王の名を告げる。私はその名前をたどり、遡《さかのぼ》って一つの名を示す。

「確かに、彼の母は北家《ほっけ》グラーシェスの姫でしたが、その母はエルゼヴェルトの姫です。そして、彼の妃も彼同様に王族でした。そして、彼女の父方の祖母《そぼ》は王女で母方の祖母はエルゼヴェルトの姫なのです。代をおいてはいますが、生まれて来る子供もほとんどエルゼヴェルトといってもかまわない血の濃《こ》さを持っていたと思います」

「そうだ」

「エルゼヴェルトの直系公爵姫は、まず国王なり、王太子なりの妻になるのです、必ず。そして、二人目以降の姫がいれば、それは王族か他の三公爵家に嫁ぎます。……系図を見る限り、外へ嫁いだ例外はエリザベート姫だけでした」

「ああ、その通りだ」

「そしてほとんどの場合、エルゼヴェルト公爵姫の産んだ子供が玉座につきます。公爵姫が子供を産まなかった場合、あるいは、その子供が王として不適格《ふてきかく》である場合に、はじめて他家の妃が産んだ子が玉座につく……でも、本当にそれは他家からの妃なのでしょうか？　その疑問は、国母となられた方の婚姻前のフルネームを見ればわかります。未婚《みこん》の姫の姓《せい》は、母姓＝父姓。そこで母姓にエルゼヴェルトを持たぬ方はほとんどなく、王家の血とは第二のエルゼヴェルト……そう。こういっては何ですが、王家とは表に出るエルゼヴェルトなのではないでしょうか？」

（……そう。逆なのだ）

エルゼヴェルトが王家のスペアなのではない。意味合いはちょっと違うのだけれど、王家がエルゼヴェルトのスペアなのだ。

「なぜ、そう思うのだね？」

「相続法です。通常、正式な婚姻から生まれた嫡長子《ちゃくちょうし》が相続権一位のはずです。でも、王家はその限りではありません。私達には秘されている王室法により、その相続が正しいかどうかが決まっています。そして、だいたいの場合、エルゼヴェルト公爵姫の産んだ子供は順序を覆《くつがえ》すのです。まるで、エルゼヴェルトの血こそが王位継承《けいしょう》の理由であるかのように」

私は陛下に視線で問いかける。

それは、なぜなのかと。

「気付いたのは、それだけかい？」

陛下はそれだけではまだ、答えてくれる気がないらしい。

「……もう一つあります」

私は仕方なく、最後の札をだす。

「何かな？」

　これは、少し曖昧で自信がない。けれど、大事なのはそれをさも当たり前のように言い切ること。

「優遇《ゆうぐう》されるのは女児《じょじ》だけです。これだけ血を交《か》わし、王家のスペアとさえ言われるのに、直系王族が断絶《だんぜつ》した暗黒時代……後にランティス一世となられたのはフェルディス公爵家の嫡男《ちゃくなん》でした。……ダーディエを姓に持つ王族達をさしおいて、なぜ彼が玉座についたのか……それは、彼の妻がエルゼヴェルトの公爵姫だったからなのではありませんか？」

「ああ……ほとんど満点だよ、ティーエ、素晴《すば》らしい」

　陛下は手を叩《たた》き、足を踏《ふ》み鳴《な》らす。大げさな身振《みぶ》りはまるで道化師《どうけし》のようにも見えた。

「そうだとも。まったくそなたの言う通りだ。ランティス一世が玉座についたのは、エルゼヴェルトを妻にしていたからだ。エルゼヴェルトというのは、本来、その血をつないできた女児だけを言うのだ」

「その血？」

「そうだ。……エルゼヴェルトの初代は、系図上では、建国王《けんこくおう》の王妃の弟となる。だが、我らの認識《にんしき》においては、エルゼヴェルトの初代というのは初代の王妃殿下をいう。系図上の初代公爵は、王妃殿下のお産みになられた王女を妻とした……この方が二代目だ。三代目というのは二代目の王女が産んだ姫となる」

「そうですね。これだけ王家が代を重ねていれば、途中《とちゅう》、そういうこともあったかもしれません。

「そうだ。男では、時に血が途切《とぎ》れることがある……自身が知らぬ間に」

「母系で考えている、と？」

ある。だから、エルゼヴェルトは玉座に就《つ》かない。これは建国王の遺言《ゆいごん》でもある。エルゼ
「エルゼヴェルト公爵家というのは、真のエルゼヴェルトである姫達を守りはぐくむ為に
ヴェルトが王家のスペアと世間は言うが、それは物を知らない人間の言うことなのだよ」
すいません。私、それを信じてましたよ。というか、普通は考えないだろう。最も尊ば
れるのが王家の血ではないなんて。
「そして、真のエルゼヴェルトの血というのは細いものだった。それはもう最初からわか
っていたのだがね」
　女系だから、男系に比べれば当然だ。ダーディニアのみならず、どの国においても出産
は未だ危険を伴《ともな》う。ましてや、血の濃い大貴族ともなればそれは更《さら》に危険度を増す。
「そして、その血はもう何代にもわたって、たった一人ずつしかその血を継ぐ人間を生み
出せていなかったのだ」
　ああ、そうなのか、と。ようやく今、私は理解した。
「……私が、今、その最後の一人なのですね」

「そうだよ、ティーエ」

陛下は静かに笑った。

エリザベート姫、エレアノール妃、エフィニア王女、そして、私……祖母から母へ。母から娘へ……母系で守り継がれるエルゼヴェルト。

その名の本来の範囲《はんい》は、随分《ずいぶん》と狭《せま》いものらしい。

「今の事の発端《ほったん》となったその当時、エリザベート姫だけがエルゼヴェルトだったのですか？」

「正確にはもう一人……いや、二人いた。彼女の叔母《おば》である当時の第一王妃グレーシアとエリザベートの姉である私の母、ミレーユだ。だが、彼女達は女児を産まなかった……そして、グレーシアは老齢《ろうれい》であり、私の母もそろそろ身ごもることが難しい年齢《ねんれい》になっていた。ゆえに、実質、エリザベートだけだったといっていいだろう」

「エルゼヴェルトと認められるには、一代も途切れずに母系でつながってなくてはならないのですか？」

「いや……建国祭の儀式《ぎしき》で認められた乙女《おとめ》は、その資格があるとみなされる。といっても、先ほどのそなたの言葉を借りるとするならば、それは、『ほとんどエルゼヴェルトといってもかまわない血の濃さ』を持つ者の中のごく一部の者しか該当《がいとう》しないらしい」

このあたりは私達にもわからないのだ、と陛下はおっしゃる。

「だから、私達はそなたを……真のエルゼヴェルトの血筋を守ることを最重要視している。そなたは、間違いなく扉を開けるのだから」

「扉を開く？」

陛下が何を言い出したのかよくわからない。

「エルゼヴェルトとは、本来は、エル・ゼ・ヴェルートという。意味がわかるかね」

「姫と鍵《かぎ》……いえ、鍵の姫？」

旧帝國語《ていこくご》で『姫《エル》』『鍵《ヴェルート》』だ。

私はそんな単語を聞いたことがなかったから、おずおずと答えた。

「正解だ。我らはその儀式を経た娘を『鍵の姫』と呼ぶ。それがエルゼヴェルトという姓の語源であり、本来の意味だ。……それは、扉を開けることからきている」

「扉？」

「そう……先ほどの扉と同じ……いや、あの扉の元となった本物の妖精王の扉は、鍵の姫にしか開くことができない封印《ふういん》の扉なのだ」

「は？」

「この王宮に三箇所、地下にも二箇所。それから、大学都市にも判明しているだけで二箇所。ターフィッドの遺跡《いせき》にもそれがあることが判明している。帝國時代の遺跡の最奥《さいおく》はだいたいがその封印の扉だ」

　私達だけが開くことのできる扉。

「なぜ、エルゼヴェルトだけがその扉を開けるのですか？」

「それは、初代王妃が妖精王の姫だからだ」

　陛下は系図の一番最初のページの一番上の建国王の名を、次いでそのただ一人の妃を指し示した。最初の王妃の名は明らかにされていないけれど、その下に書かれた家名は『エルゼヴェルト』だ。

（妖精って単語がでるってことはつまり、今の世界にはないような技術って意味だよね）

「ダーディニアでは、扉はずっと妖精王によって封《ふう》じられた妖精の世界への扉なのだとか、妖精王の宝物庫への扉だと言われていた。……この妖精王の封印の扉は、世界中にある。どんな屈強《くつきよう》な兵士にも開けることができず、何をしても決して破壊《はかい》することができない。だが、鍵の姫がそれに触《ふ》れればたちどころに開く」

　なるほど。おとぎ話にも理由はあるらしい。

「では、私が触れればすぐに扉は開くのですか？」

「いや。それには儀式が必要だ。建国祭の儀式を経《へ》ることによって、それが可能になると言われている」

　そんな意味のある儀式だったとは……ナディに聞いたときはただのセレモニーだと思っ

たのに。

っていうか、どんな仕組みなんだろう？　だって、この世界には魔法とか、そういうどんな不思議もそれで解決！　というような都合の良いものがない。

たとえば、さっきの地下の扉のように何らかの認証《にんしょう》システムのある自動ドアだったとしよう。けれど、何らかの認証システム……指紋《しもん》認証も、音声認証も、網膜《もうまく》認証も個人識別のためのものであって、血統を見分けるものではないはずだ。

（もしかして、建国祭の儀式の中で個人を識別する何かを登録するんだろうか？　それを血筋と絡《から》めている？　いや、それにしては厳格すぎる）

母系でのつながりのみと限定されるほど、『エルゼヴェルト』という血統は厳しく守られている。一代でもそれを離れれば、基本、認められないものなのだ。よほどの例外……建国祭の儀式での認証……がない限り。

本当は、そんなにやりたがっているのなら、あの役目はナディに譲《ゆず》っても良いと思っていた。また翌年やればそれでいいと思っていたから。でも、ただのお祭りのセレモニーではないかもしれないとなると、私の一存で代わるというわけにはいかないだろう。

「エリザベート姫はその儀式を済ませていたのですか？」

「ああ。そうだ。……鍵の姫が他国にあるなどと考えただけでぞっとする出来事だった。わが父は、何度エリザベートを殺そうとしたかわからない。そのたびに、エルゼヴェルト公爵が懇願《こんがん》した。エレアノールにはまだ母が必要だと。エレアノールが乳離《ちちばな》れした後は、この老いぼれに免《めん》じてエリザベートを助けてくれ、と。そして、彼が亡くなってからは、その息子《むすこ》が願った。そなたの曽祖父《そうそふ》と祖父だがね」

そなたの曽祖父と祖父はちゃんとその意味を理解していた。だが、そなたの父はまったく理解していないのだよ、と陛下は嗤《わら》う。

「あれは知っているくせにわかっていない」

奇妙《きみよう》な表情だった。

皮肉げな笑《え》みに、どこか憐憫《れんびん》の情が浮《う》かぶ。

「この状態に、今もっとも責任があるのが私であることは否定しないが、だが、何よりも、最も責任があるのは……自らの責任を果たさなかったエリザベートだ。そして、そのツケを払《はら》わされることになったのが、彼女の娘であったティーエ……あぁ、君ではない。父の第四王妃となったエレアノールだった。エレアノールは、母親が果たさなかった義務を果たす為に、生まれる前から、我が王家に嫁ぐことが定められていた。意地の悪い言い方をすれば、エリザベートは己が幸せの為に我が子を犠牲《ぎせい》にし、祖国を裏切ったのだ。……我が父は、彼女の帰国を絶対に認めなかった。当たり前だ。現在にまで続くこの問題のそもその発端は、国を裏切った小娘《こむすめ》のはじめての恋とやらにあったのだから」

怒《いか》り心頭だった。私の父について口にする時とはまた違う。父に対する憎悪《ぞうお》は内向きだが、このエリザベート姫に対する怒りは外向きだ。

（それは、この怒りが私人としてではなく公人……国王としてだからなのだろう）

私は犠牲者の立場だが、似た様なことは言われている。

（エルゼヴェルト公爵は身分の低い女を妻に迎えたいがために、一人娘を王家に売った、と）

爵位《しゃくい》があっても、ルシエラは公爵の妻となれる身分ではないと民《たみ》も見ているのだ。

私はどちらかというと、陛下が私のことを公爵から取り上げたのだと思っていたし、それはある意味では正しい。でも、売ったというその言葉も正しかったのだとわかっていた。

（だって、私に関するすべての権利と引《ひ》き換《か》えにしたのだから）

ふぅ、と思わず吐息《といき》がもれた。

「どうかしたか？」

「いいえ。エリザベート大公妃といい、我が父といい、私の実家の人間は恋の為に道を過《あやま》る傾向《けいこう》にあるのだなぁ、と思っただけです」

それを過ちと言ってしまうのはちょっとアレかもしれないけれど。

「そうだな。……エルゼヴェルトは、実は情熱的な一族なのかもしれない」

陛下が今口にされたエルゼヴェルトは、実家の姓の方をさすのだと思う。

エルゼヴェルトと言われると鍵の姫を言っているのか、姓を口にされているのか判断に迷う。

「年齢から言えば、エレアノールは私の兄……王太子であった第一王子の妃となるべきだった……だが、王太子は拒否《きょひ》した。なぜ問題のない妃を離縁《りえん》して他国の血が混じった女を妃として迎えねばならないのだ、と。……彼は後でたいそう悔《く》いたのだがね」

何しろ、エレアノールは美しかった、と陛下は記憶を辿《たど》るかのように目を細める。

「我が王室に入ると定められていた彼女は、乳母《うば》も侍女《じじょ》も女官《にょかん》もダーディニアから派遣《はけん》されすべてをダーディニア風に育てられていた。夏になると避暑《ひしょ》の為にエルゼヴェルトに滞在《たいざい》するのが決まりで、私はそこで、エレアノールと……ティーエと出会ったのだ」

うっとりとした声音《こわね》。ティーエと呼ぶその甘い響《ひび》きが、ゾクリと背筋を震《ふる》わせる。

怖《こわ》い、と思いながら胸元《むなもと》で手を重ね、そこにある大切なものの存在を確認した。ただそれだけで、不思議なくらい心が落ち着く。

そして、今一度陛下を見た。

どこか遠いその眼差《まなざ》し……思い出しているのは、その当時のエレアノール妃の姿だろうか。

（確かにそういう扱《あつか》いでは、エレアノール妃は、リーフィッド公女《こうじょ》というよりエルゼヴェルトの姫だ）

「それほど頻繁《ひんぱん》に会えた、というわけではないが、幼いころの思い出のいくつかを私たちは共有していた。楽しかった……私はダーディニアしか知らなかったから、ティーエの語るリーフィッドの話が好きだった」

幸せな記憶なのだろう。陛下は、小さく笑みを浮かべる。

「それはティーエにも同じことだったのかもしれない。ティーエは、私から王都の話を聞くことを好んだ。……私たちが恋に落ちるのに、時間はかからなかった」

とても、幸せな時間だったのだよ、と陛下は呟く。

「私は陛下に願い出た。エレアノールを妃にしたいと。彼女を、愛しているのだと」

私はそれを許されないとは思わなかった。と、陛下は口元に自嘲《じちょう》の笑みを浮かべる。

「私は五番目とはいえ正妃腹《せいひばら》の王子だ。しかも、私の母はエルゼヴェルトの姫だった。第一王子と第二王子を産んだ叔母が早くに亡くなった為に、エルゼヴェルトから再び王家に嫁いだ直系公爵姫だ。だから私は、幼いころから願って叶わぬことなどなかった」

正妃腹の、この上なく血統《けっとう》正しい王子……何一つ欠けることない幸せが約束されていた。

「だが……許されなかった。私ではダメなのだと父上は言った。エレアノールは王太子妃にするのだと。私は懇願《こんがん》した。エレアノールが……ティーエが欲しいのだと何度も訴《うった》えた。王太子と私にはなんの違いもないではないかと思っていた。ただ生まれ順が違うだけだと。だから、何でもすると縋《すが》った。……だが、父は冷たく突き放しただけだった。『そなたは玉座に就く器《うつわ》にあらず』と。そんなことはわかっていた。血筋の正しさなど意味はない。

当時、エルゼヴェルトの血をひく王子が四人もいたのだ……私はその一番下だった。……そもそも、父は王子ではなく姫を欲していた。その為に二人もエルゼヴェルトの姫を娶《めと》ったのだ」

陛下の表情は悲痛に翳《かげ》る。

「当時の私はそんなことも知らず、王位に就くことなど考えたこともなく、ただ甘やかされて育っていた。早く大公となり、わずらわしい公式行事から解放されることだけを願っていた」

私は、何一つ学んでこなかった。と陛下は己を嗤《わら》う。

「政《まつりごと》に関わることなど望まれていなかった。私に求められていたのは、王族として王家を支えること……その最も重要な役割は、血の保持だ。王族か四大公爵家から妻を娶り、国を支える血筋正しい王族を育むことを求められていた。ならば私は勉強すると言った。ティーエが手に入るのなら、政を学び、この国の為に誰《だれ》よりも力を尽くすから、と。だが、父は信じてはくれなかった。今にして思えば……私がどれほど学んだところで、王太子のようには到底《とうてい》いかなかっただろう。父にはその事がわかっていたに違いない」

殿下は別格だと私は思ったけれど、口にはしなかった。

それを告げたところで、陛下の慰《なぐさ》めにはまったくならなかっただろうから。

「第一王子がティーエの顔を見ることもなく正式に拒否したことで、ティーエのその身が宙《ちゅう》に浮き、私は再び懇願した」

陛下はだんっと強く床《ゆか》を踏み鳴らす。

諦《あきら》め切れなかったのだ、という呟きが漏《も》れ聞こえた。

この方にもそんな情熱があったことを、私は意外に思った。

「だが、私はまたしても拒否された。父王は言った。そなたでは守りきれまい、と。その時の私には、その言葉の意味がわからなかった。だから、私達は逃げ出した……二人でならば、どこででも生きていけると思っていた」

「!! 駆《か》け落《お》ちを、なさったのですか?」

そんな話、まったく聞いたことがなかった。

陛下が玉座についたから、なかったことにされたのだろうか?

「駆け落ち、と呼べるほどのものではない。たった三日で連れ戻されたのだから。私とティーエが不在だったことすら、明らかになっていなかったよ。ただ、戻ったときには、ティーエが父の第四王妃となることが決定しており……私は外遊に出された。三年間、王都に戻ることをゆるされなかった」

あの時が一番苦しかった、と呟く。

「そして、外遊に出て一年足らず……外遊先で私は、ティーエが女児を出産して亡くなったことを聞いた。……絶望したよ。もう二度と会えないのだと……もうその声を聞くことも、その姿を見ることさえもできないのだと。葬儀《そうぎ》に出席することすら許されなかった――だから、決めた」

「何を、ですか？」

この答えを、たぶん私は知っている。

「そなたは知っているはずだ」

陛下の眼差しが、私をまっすぐ射る。

「ユーリア妃殿下との婚姻、でしょうか？」

「そうだよ、ティーエ、やはりそなたはわかっているのだな」

熱を帯びた瞳《ひとみ》が輝《かがや》きを増す。

ダーディニアの血を一滴《いってき》も持たぬユーリア妃殿下と直系王子である殿下が婚姻することは、エルゼヴェルトの公爵姫が外に嫁ぐのと同じくらいありえないことだったのだ。

第五王子だから許されたと噂《うわさ》されていたが、本来は絶対に認められないことだった。

これはもう、エルゼヴェルトがどうこう以前の問題だ。

わかりやすく言えば、ユーリア妃殿下との婚姻は陛下にとっては貴賤結婚《きせんけっこん》に等しい意味を持っていたということだ。

貴賤結婚。

身分が大きく隔《へだ》たる婚姻を言うが、これはユーリア妃殿下の身分を低いと言っているわけではない。

エルゼヴェルト……鍵の姫の血統を守ること、その血をしっかりと自家と重ね合わせることを目的としてきたダーディニア王家にとって、エルゼヴェルトの血をひかぬどころか、わかる範囲ではダーディニア貴族の血すら流れていないユーリア妃殿下は、まったく論外であり、彼らの価値観の外にあったということだ。

ユーリア妃殿下が今、王妃として誰からも敬愛され、貴族達の間からも自然に王妃としての尊崇《そんすう》を集められていることを考えると、どれだけのご苦労と努力をしてきたのだろう、と考えてしまう。

もし、陛下が玉座にお就きになることがなかったならば、きっと殿下の代からは、表面上は王族公爵家と遇《ぐう》されたとしても、その実、ダーディニア王族と呼べるほどの血の濃さはないとみなされただろう。

「私は王族であることを捨てたかった……でも捨てきれず……引き換えにユーリアとの結婚を認めさせた。これで、私は無理でも私の子供達は血の頸木《くびき》から逃《のが》れることができると思ったのだ。君の言うとおりだよ、ティーエ。王家が表に出るエルゼヴェルトとはうまい言い方だ。王家の姓はエルゼヴェルトでもおかしくないほど、かつての王家とエルゼヴェルトは近しい血を持っていた……我が父王の時まで」

陛下の指が前王とその妃の名を指し示す。そして、その指先がそっとエレアノール妃の名を辿った。

「ですが、陛下が玉座にお就きになったことで、その様相ががらりと変わった」

「そうだ。元々、私は玉座に就けるはずがなかった……だから、ユーリアとの結婚はその時の私のできるささやかな……でも最大の抵抗《ていこう》だった。私は私の血を、この国から解き放とうと思った。私自身はどうにもできなくとも、その抵抗の事実、その最初の一歩を踏《ふ》み出したことで我慢《がまん》しようと思ったのだ。ティーエを失ったことと引き換えにできることなど何もなかったが、わが子らをこの国の柵《しがらみ》だらけの血統の檻《おり》から自由にしたという自己満足で私は生涯《しょうがい》を終えるつもりだった」

でも、私はとことん間の悪い男だったのだ、と陛下は口にする。

「間が悪い、というよりは運が悪いのか……あれほど望み、懇願し、全身全霊《ぜんしんぜんれい》をかけて欲したのに手に入らなかった王太子位が私に巡《めぐ》ってきた。何という皮肉だと思ったよ。あんなにその地位があればと願ったときには、望むことすら叶わずに拒絶《きょぜつ》されたのに、完全に諦めたその時になって転がり込んできた。……馬鹿共《ばかども》が女をとりあって殺し合いなどした為に、だ」

ガンガンガンと陛下は足を踏み鳴らす。その怒りをこめるかのように。

この馬鹿共というのは当時の第一、第二王位継承権をお持ちだった陛下の一番目と二番目の異母兄君達《いぼあにぎみ》のことだろう。

(フィル＝リンは今も明らかにされていない理由による大醜聞《だいしゆうぶん》だって言っていたけど、女性をとりあっての殺し合いじゃあ、確かに言えない)

「……第三王子殿下は落馬ではないのですか？」

「公にはされていない事実だが、馬鹿共がとりあった女は、兄上の婚約者《こんやくしゃ》だった。そのせいで、王太子の家臣が兄上が企《たくら》んで殺し合いをさせたのだと思い込み、馬に細工をしたのだ。結果、兄上は落馬し、お亡くなりになった。全ての原因が、女をとりあっての殺し合いだというのは間違ってはいまい」

陛下にとって、同母兄弟である第三王子殿下だけが兄上と敬称《けいしょう》で呼びかける対象らしい。

「あの年は、ダーディニアにとってまさしく『魔《ま》の一年間』であった……王太子の地位が転がり込んできた私にとってもだ。私は、何度も固辞した。固辞というよりは、話に耳を貸すことすらしなかった。ユーリアを妻にしている私には国王の資格はないのだから、と。父王とて、私は玉座に就く器ではないと言ったはずだ、とね」

あの時の言葉をそのまま返してやったのだ、と呟く陛下の横顔は、驚《おどろ》くほどに邪気《じゃき》がなかった。

「だが、父王は冷静な方だった。ユーリアを離縁しろとは決して言わなかった。それを言ったら絶対に私が玉座に就かないことをわかっていたのだろう。それを言った人間とは、私は今もって口すらきいていないのだ」

　陛下は好き嫌いが激しいと言われる。たぶんそれは、こういうところからきているのだろう。

「それが、なぜ一転して玉座にお就きになられたのですか？」

「ユーリアを認めると言われたのだ。正式に第一王妃に任じてかまわない、と」

「それは、異例中の異例ですよね？」

　ダーディニア王室は血統をとても重視している。

　それを、貴賤結婚に等しい間柄《あいだがら》を認め……エルゼヴェルトどころかダーディニア貴族の血すらひいていないユーリア妃殿下を第一王妃にだなんて、随分と思い切ったものだ。

　ダーディニア王室史上、四大公爵家の血をひかぬ王妃は……エルゼヴェルトの血をひかぬ王妃は、ユーリア妃殿下だけだ。

「その通りだ。父上は、私の数段上手をいかれる方だった……最初から私が敵《かな》うはずもなかった。私はそこでこの国の秘密を明かされ、玉座に就くことも、他の妃を迎えることも拒むことができなくなっていた」

「秘密、ですか？」

　鍵の姫以外の王家の秘密とは何なのか。

「王家の秘密……そして、建国の真実。建国の真実とは鍵の姫と表裏《ひょうり》一体《いったい》のものだ。私は

かった」

王の子として生まれたのだ……この国に対し、責任がある。それを捨て去ることができなかった。

ち切《き》ることなどできなかった。そして……どれほど疎《うと》んじたとしても、私は王子だった。

うなづくしかなかった。私は強くない。建国以来、連綿《れんめん》とつないできたものを私の手で断《た》

大事なことだ、と思った。

陛下の言葉の一つ一つが、真実の欠片《かけら》だった。

「だが、私は最後の抵抗をした。……私が玉座に就いたとき、ナディルの立太子を認めるのならば、王太子になると言ったのだ。私は、頑強《がんきよう》な血統主義者の父をはじめ、四大公は絶対に許さないと思っていた。だが……父はうなづいたのだ。それでいい、と」

私は泣きたくなったよ、と陛下は肩を落とす。

陛下の口から出る王太子殿下の名前の響きに、私は不思議な感動を覚えた。

「他の妃に子供が生まれても、私は絶対に王太子はナディルしか認めないと言ったのに、四大公爵もまたそれにうなづいた……彼らは私の元に嫁ぐ自分の娘や妹達に子が生まれても決してその立太子を望まないと同意したのだ。私のささやかな抵抗は、無駄《むだ》に終わった」

世間で流布《るふ》している話とはまったく違っていた。

だって、先王陛下は殿下の優秀《ゆうしゆう》さに目をつけたのではなかったのか？

「確かに血統主義者である父の意識を変えさせるくらい、あるいは、老人達が期待をかけ

るくらい、あれは……ナディルは優秀だった」

陛下は、驚くほど素直に殿下を褒《ほ》めていた。私はそれに喜びを覚える。

「大学に入学を許される人間は、ある種の異能者だ。卒業した者などは、頭の中に図書館が丸ごと入っていると言われるほどだ。そなたは、王太子やシュターゼンが身近にいるためにわからないかもしれないが、ヴェラ……大学の卒業資格を持つ者など、人としての種が違うのではないかとまで言われるほどの頭脳を持つ。そしてそんな人間がごろごろといる大学内にあってさえ、ナディルは天才と言われた……そもそも、十歳にもならぬうちに入学が許可されるなど、前代未聞《ぜんだいみもん》だったのだ」

殿下が想像以上の天才であったことを聞かされるが、それでもピンとこない。

すごい！　とは思うものの、私にとって殿下は殿下だ。

「父は考えたのだ。普通に考えれば、ナディルに玉座に就く資格はない。だが、そもそもダーディニア王家とは何なのだ？　と。……父はどこまでもこの国の王だった。つまるところ、我が王家は鍵の姫を守るためのものだ。そして当時の鍵の姫はエフィニア。そのエフィニアを守るのに一番ふさわしいのが、私だと父は考えた。私に足りない能力は息子であるナディルに埋めさせればいい。そしていつかエフィニアが産むであろう次代の鍵の姫……つまり、そなたを守るのに最もふさわしい者を考えた時、それはナディルをおいてほかにないと」

「反対はなかったのですか？」

「あったさ。だが、四大公爵が納得《なっとく》した。王と四大公爵が合意したことを覆せる者はいない。これまで、直系王族が途切れたことは二度ある。その時だってそうしてきた。王族の血も四大公爵の血も、しょせん、鍵の姫を守るためにあるものだ。だから、エフィニアから生まれる最初の女児は、絶対にナディルの妻になると定められていた」

生まれる前から私と殿下の結婚が決定されていたというその事実に、軽くめまいがする。

それを運命だなんて喜ぶような能天気さを、私は持ち合わせていない。

「もし、女児が生まれなかったらどうなさったのです？」

「その為の第二王妃だ。エフィニアに女児が生まれなかった場合、ナディルに玉座を与《あた》える理由はない。だとすれば正しい血統から生まれる子が必要となる。もし、ナディルの妃になる姫が生まれなかったら、ナディルは廃嫡《はいちゃく》されることが決まっていた」

ぶるりと身体が震えて、私は自分自身を抱きしめる。

「……殿下はそれを、ご存知なのですか？」

「さて……あれのことだから、知っているかもしれないし、実は知らないのかもしれない。どちらにせよ、今となってはどうでもいいことだ」

そなたはここにナディルの妃としているのだから、と陛下は嗤う。

「そなたはこの世でただ一人の『鍵の姫』。そして、ダーディニアの王権をナディルに与える姫である」

建国神話と一緒だな、と陛下はおっしゃった。

「……鍵の姫が、イコール王権を与える者なのですね」

「そうだ」

何というか……映画や小説とかで言うならば、設定盛《も》りすぎ。どれか一つで十分ですよって思う。

「王家は鍵の姫を……そなたを守るためにこそあるのだ」

「陛下は、守ってくださいませんでしたね」

つい、皮肉が口をついてでる。

だが、陛下は口元だけでわらった。

「そんなこともない。傷つけもしたが、守りもした。差し引きちょうどにはならないだろうが」

「ええ、なりません」

お互いこんな風に軽口を叩けるのだと思ったら、何かもうそれでいいかな、という気になっていた。

「鍵の姫の……その最初の方、初代国王の王妃というのはどういう方なのですか？」

エル・ゼ・ヴェルート……ヴェルートは『鍵』と訳すが、古くは『宝』という意味もあった。『宝』とは『鍵』を開けたその先にあるもの。『宝の姫』……彼女を、自分の宝と建国王は思ったのではないだろうか。

それはもう歴史の彼方《かなた》の話だけれど。

「妖精王の姫と言われている初代国王の妃について、伝えられている事はほとんどない」

だからこその妖精の姫なのだ、と私は解釈《かいしゃく》していた。身分らしい身分がないから、おとぎ話でごまかしているのだろうと。

けれど、違うのだ。

エルゼヴェルトの初代……最初の鍵の姫とされる方が、只人《ただびと》であろうはずがない。

「だが、私達は知っている。……建国王は、彼女を守護するためにダーディニアという国を興《おこ》したのだ」

建国史の最初にはこう書かれている。

『建国王は、地が荒《あ》れることを嘆《なげ》く妖精王の姫の心を守るために立った』と。

歴史書だよ？　おとぎ話とか物語ではない。建国史のはじまりが、妖精の姫というのはありえない、と誰もが思うだろう。

「秘されている初代王妃の名は、アルティリエ＝ルティアーヌ……姓はない。彼女には姓など必要なかった」

私と同じ名だった。

「なぜですか？」

背筋がぞくりと震える。

何か、予感のようなものがあった。

「それは、彼《か》の方がこの世界を統《す》べし一族の生まれだったから……私はエフィニアがそなたにその名をつけたと聞いて、運命の皮肉を感じずにはいられなかった」

背筋が震えていた。

逆なのだ。まったくの逆だった。

『この世界を統べし一族』――その言い回しを私は知っている。

それは、失われた統一帝國の帝室《ていしつ》のことだ。

「彼女は……アルティリエ姫殿下は、統一帝國の最後の直系皇女だった。その名は歴史書にも必ず載っている」

帝國では直系皇女を、姫殿下という敬称で呼ぶ。直系皇女と認められるのは、四后妃《よんこうひ》から生まれた皇女だけ。ダーディニアの王室体系というのは、統一帝國のそれを一部取り入れているから、似ているシステムがいくつかある。

「最後の皇女……」

「そうだ。……あの恥知《はじし》らずの帝国が自らを統一帝國の後継《こうけい》であるとどれだけ名乗ろうとも、それはただの僭称《せんしょう》だ。寄せ集めの帝国貴族の自分勝手な言い分にすぎない。だが、ダーディニアは違う。最後の皇女殿下の血と鍵とを今日《こんにち》まで正しく守護してきた。我らは鍵の姫を守る影の騎士であるのだ」

我らがそれを声高《こわだか》に語ることはないがね、と陛下は言う。

とまらない足踏《あしぶ》みは、陛下が実は興奮していらっしゃるからなのだろうか。

「なぜですか？」

「ダーディニアは帝國直系の血を守るために建国されたのだ。それは決して帝國の後を継ぐためではない。降りかかる火の粉を払うことはするが、何もわざわざケンカを売ることはない。名前などどうでもいい。我らのもとには、真実の鍵があるのだから」

名より実を取るということなのだろうか。

「そして、鍵があるからこそ、大学がこの地にあるのだよ」

「大学、ですか？」

思いがけないことを言われた気がした。

「そうだ。まあ、これは王太子に聞きなさい。あれのほうがずっと詳《くわ》しいのだから」

陛下の眼差しに、どこか私をからかう色がのぞいたように思えた。

「あと、そなたはもう一つ覚えておきなさい」

「はい」

私は姿勢を正す。わざわざそんな風に言うなんて、大事なことなのだと思ったから。

「王太子には継承権がない。王太子の継承権はそなたと婚姻するから生まれるものだ。だからこそ、この国はそなたが持つと言った。……エフィニアが亡い今、この国の玉座を定めることができるのは、そなただけなのだ」

「でも、そんなことは……」

「国王以外は四大公爵だけが知る。彼らもまた、鍵の姫を守る者達である。だが、それは当主しか知らぬこと。たとえその嫡子《ちゃくし》であっても公爵位に就くまでは知らされない。……そなたが王妃にならなければ、王太子は玉座に就くことはない。双子《ふたご》のどちらかが玉座に就く。だが、それは我が国の正しい玉座の在《あ》りようではないから、いずれ破綻《はたん》するだろう」

その時から、我が国はゆっくりと滅《ほろ》びに向かうのだと小さく呟く。

陛下は、やはり国王陛下なのだ。と、思った。

自分を無能だ何だとおっしゃるけれど、ちゃんと国王陛下の仕事をなさっている。

だからいつも、国王たる重責は我が身のものにあらず、と言っていたのだと思う。

(王太子殿下は、ご存知だったのだ)

「王太子殿下は陛下の御子であるのに……」

「ああ。私もそれを疑ったことはないな……ただ、我が国の国法でそう定められているというだけだ」

「……それを、王太子殿下はご存知ないのですね」

「ああ。あれのことだから知っていてもおかしくはないが……。王太子が玉座に就き、どれだけ子を得たとしてもそなたの子以外に王位継承権が発生しない。たとえ、他の者が正式に第二王妃となったとしてもだ」

「『エルゼヴェルトを母にも妻にも持たぬ王は存在しない』」

脳裏《のうり》に浮かんだ言葉を、私は無意識になぞる。

「そうだ。もはや、エルゼヴェルトはそなたただ一人だ。そなたが子を産まねば、この国は終わる。他の女が産んだ子を玉座になど就けてみろ。それだけで内乱突入《ないらんとつにゅう》だ。我らは鍵の姫の影の騎士たる誇《ほこ》りを持っている。鍵の姫の血以外を守る気などない。……まあ、滅びるのなら、滅びてしまえと私は思っているが……。つまるところ、この国の行く末はそなたの選ぶ先にあるということだ」

何でこの国の行く末とかという大それたものを、私が選択《せんたく》しなければならないのか。

「我らは守護するためにこの国をつくった。……守護すべき者が失われれば滅びるが道理」

陛下はやわらかく微笑《わら》う。

「……滅びたりはしませんから」

「そうかい？」

「はい。……子供、いっぱいつくりますから！　今はまだ無理ですけど！」

この身体《からだ》はまだ幼い。だからこそ私達の寝室《しんしつ》は別だし、名ばかりの結婚なのだと誰もが知っている。

なのに、いったい何の羞恥《しゅうち》プレイなんだろう。自分で子作り宣言なんて。

「それは楽しみだね」

くすくすと陛下は笑った。

からかわれているとわかっているけれど、それでも顔が赤くなるのをとめられない。

でも、私は更に告げた。ここで退いてなるものか、だ。

「子供なんて、いくらでも作りますとも。殿下だってきっと協力して下さいます。それで、この王宮中に子供の声を響かせてあげます。うるさいって言われるくらいに」

「おやおや……それはすごいな」

「だから、安心なさってくださいね……」

私は笑った。それから、小声で囁《ささや》くように続けた。

「おじいさま」

陛下は、泣きそうな表情で笑った。

至高の玉座にある身とは思えぬほど簡素な装《よそお》いをしている陛下は、どこか突き抜けたような明るい表情をなさっていた。

（……終わったのだ）

何が、と問われてもはっきりと告げられる答えはない。

でも、確かに終わった。

この方に、いろいろと思うことはある。

けれども、人形の顔ではない心からの笑顔を覚えておいてもらいたかった。

だから、心からの笑顔を向ける。

陛下は目を見開いて、それで、同じように笑ってくださった。

「……そろそろ行かねば」

「はい」

私も立ち上がった。

少しだけ凍《こご》えた身体でそっと礼をとる。

「……そなたは、料理の才があるのだな」

ぽつりと陛下がおっしゃった。

「馳走《ちそう》になった。……最後にそなた手ずからの茶を飲めたのは、望外の喜びであった」

「ありがとうございます」

それから、ちょっとだけ考えて付け加えた。

「今、殿下を餌付《えづ》け中なのです」

「……エヅケ？」

陛下が目をしばたたかせた。たぶん、言葉の意味がよくわからなかったのだろう。

「はい。殿下は食べることに興味がおありではないのですが、私にできることはあんまりないので……おいしいごはんでこうがっつりと捕《つか》まえようと」

「……ガッツリ……？」

陛下にはわかりにくい単語の羅列《られつ》なのか、真剣《しんけん》な表情で私を見る。

「おいしいごはんで虜《とりこ》にしよう大作戦です」

「餌付け、か」

意味がわかった陛下がくつくつと心底おかしげに笑う。

「おかしいですか？」

「いや、普通ならおかしくはないのだろうが……対象があの王太子というのがな」

陛下は笑いが止まらなくなってしまったらしい。目元の涙をぬぐいながらも、尚《なお》も笑い続けている。

「わりと成功していると思うんですけれど」

「……成功しているのか」

驚いたというように目を軽く見開きながらも、笑いは止まらない。

しばらく笑い続け、そしてやっと、その笑いをおさめて陛下は言った。

「一つ頼まれてくれないか」

「……はい」

私は真面目な顔で見上げる。

「いつか……状況が落ち着いたら、妃にも先ほどの菓子をふるまってやってくれないか」

「先ほどのスコーンをですか？」

「あの菓子は、スコーンというのか……」

「そうです」

「大層な美味《びみ》であった。ユーリアはあれで甘いものをとても好むのだ。ぜひ食べさせてやりたい」

陛下は静かに微笑った。

私は何かを告げなければと思いながらも、何も言えずにただうなづいて礼を執《と》った。

「承《うけたまわ》りました」

「……ではな」

陛下は祭壇《さいだん》を降りて扉に足を向ける。帰りはちがうルートでお戻りになるらしい。

「はい」

私はその後ろ姿を見守った。

涙でその姿がにじむ。

どうにもならなかった。

そう。もう、どうにもならない。

誰も何もできない。

だって、終わりは、ずっと前に決まっていたことだ。

陛下が最後の賭《か》けをはじめたそのときには決まっていた。

私は、ただ最後を決めただけ。

陛下の死で終わるはずのそれを無理やり今にしただけだ。これでよかったのだと思う反面、これでよかったのかとも迷う。それはもう仕方がないことだ。

(ううん。これで、いいんだ)

無理やりな終わりであっても、終わりなのだと決めれば物事はそこに向かって流れてゆく。そして、新しくはじめることもできるはずだ。

陛下だって明るい顔をなさっていたと思う。

妃殿下がどうなるかはわからないけれど、きっと、陛下に最後まで寄《よ》り添《そ》っておられるだろう。

何が変わったわけではない。

なのに、私の中で確かに何かが終わって、そして何かが始まった。

だから、私はまっすぐ顔をあげる。

もう、人形姫ぶりっこは必要ない。

「……フィル＝リン？　いるのでしょう？」

私は暗がりに呼びかける。

コンと小さな音がして、地下の書棚《しょだな》の陰からフィル＝リンが姿を現し、螺旋階段をのぼってくる。

「姫さん、あんた、俺を殺す気かよ！　なあ、あんた、俺のこと嫌いだろう？　そうなんだろう！」

なんで陛下が来るんだよ。そんなこと、俺聞いてない。全然聞いてない！　とぶつぶつと呟く。

何でだろう？　軽くパニックを起こしている。

「そんなことないよ。別に」

「こんなところまで移動するなんて聞いてねえ！」

「私もこんなところまで来るのは想定外だった。良かった、フィルがちゃんとついてきてくれていて」

だって一人では絶対に戻れない。下手《へた》に一人で地下通路から帰ろうものなら、きっと遭《そう》難《なん》する。遭難して朝までに戻れなかったら目も当てられない。

きっと、お説教くらいでは済まないと思う。

「あのな、地下は危険なんだ。姫さんはいいかもしれねーけど、俺は有資格者じゃねえんだぞ！」

フィルも地下の秘密通路からやってきたらしい。

「……どうやって姿無き衛兵《えいへい》の目を誤魔化《ごまか》したの？」

許可がない人間は、その刃《やいば》に屠《ほふ》られると陛下はおっしゃっていたのに。

「大学では地下の研究が進んでるんだよ。……あとは、これだ」

フィル＝リンの手にあったのは指輪だ。王冠《おうかん》を戴《いただ》く双頭《そうとう》の竜《りゅう》の紋章《もんしょう》は、ダーディニア王家の王太子を示すもの。

正直、ぎょっとした。

「……もしかしてこれって……王太子殿下の印章の指輪？」

まさか、と思いつつ、でもこの紋《もん》を持つ指輪なんてそれ以外に思い当たらなかった。

「そうだ。……もしもの時のためにと、ナディルが置いていった」

フィル＝リンは憮然《ぶぜん》とした表情をしている。

（すごい……）

私は驚いていた。何という信頼《しんらい》の厚さだろう。

その指輪は、王太子の王太子たる証だ。初代王妃が建国王に与えた結納の品の一つで、代々の王太子が受け継いできたもの。やがて王となる者であることを証明するこの指輪を紛失《ふんしつ》して、廃嫡された王太子もあったほどなのに。乳兄弟とはいえ、他者に預けることができるなんて……。

「指輪があれば、地下を自由に歩けるの？」

「そうだ。これは、鍵になる。……事がおこったとき、あんたを守るために地下を使えるようにってな」

フィル＝リンに対するその信頼もさることながら、そうやって示された王太子殿下の意志に胸が熱くなる。

（離れていても、殿下に守られている）

王太子であることを証《あか》す何よりも大切な指輪を他者に渡してまで私を守ることを優先してくださったようで、うれしかった。

「……ああ」

ため息がこぼれた。たぶん、恍惚《こうこつ》とした響きが交じっていたと思う。

（想われている）

それが、どんな感情のものからかはわからない。でも、私は確かに殿下に想われていて、大切に守られているのだと信じることができる。

「……ねえ、フィル。今夜のこれは殿下には内緒《ないしょ》にしてね」

「はいぃ？」

私は唇《くちびる》の前にしーっと指をたてる。

シオン猊下《げいか》もユーリア妃殿下も、私が一人で来たと思っていたようだが、あれだけいろ言われていて一人で宮の外に出るほど私は無謀《むぼう》ではない。

（保険だったんだけどね）

見た目どおりの少女ではない私はズルいので、フィル＝リンという保険をかけておいた。

フィル＝リンは地下に潜《ひそ》んで、ずっと私を護衛していたのだ。

陛下が同じ地下をご利用になって現れたとき、そして、私たちがこの本宮に移動した時はさぞ驚いただろう。思いもかけない事態だったのだろうけれど、フィル＝リンはちゃんと後をつけてきてくれていた。

「だって、やむをえない事情とはいえ、約束を破ってしまったのですもの。バレたら殿下に怒《おこ》られるだけじゃ済まないかもしれないわ」

「そりゃあ、当たり前だろ」

「だから、内緒」

ね、と私は上目遣《うわめづか》いに見上げる。

「いや、内緒ったってさぁ」

あいつに隠《かく》しとおせる自信がない、と小さく呟く。

「大丈夫。フィルが絶対に言わなければいいだけだから」

ご存知であったとしても、口に出さずにシラを切りとおせばいい。言質《げんち》さえとられなければいいだけだ。

「バレて怒られたらかばってあげるから」

「……やめてくれ、そのほうが何か酷《ひど》いことになりそうな気がするから！」

「なら、会計に内緒にしましょう。ね？」

「なら、がどこにかかるかがまったくわかんねーから！」

「ねえフィル、陛下も同じ秘密の通路を使って来たのでしょう？　どうして見つからずに済んだの？」

渋《しぶ》るフィル＝リンに、私は話題をかえることにした。

「そりゃあ、必死でほっせえ隙間《すきま》に隠れたからだろ。あのな、中は広いの。別に上と変わらない。迷路《めいろ》みたいになってるし、隠れるとこ少ねえけど。……くっそ、ほこりまみれだ」

髪《かみ》や背中にクモの巣や埃《ほこり》がまとわりついている。

「やだ。ここで払わないで。汚《よご》れるわ」

たぶん、この書庫は秘密の書庫なのだと思う。アルティリエの知識にこんな書庫の存在はないから。

(できるだけ、汚さないように)

今夜、ここには誰もいなかったんだから汚れるはずがないの、と私が言うと、フィル＝リンはまたも憮然とした表情になる。

「なぁに?」

もの問いたげな視線に首を傾げた。

「あのよ、姫さん。あんた、陛下が来るって知ってたのか?」

「まさか」

でも、予測はしていた。

五分五分だと思った。

たぶん、王妃殿下から本音を引き出せたから、陛下が現れたのだろう。

「ねえ、話、どこまで聞いていた?」

「あー、ユーリア妃殿下の話はほとんど聞こえてたんだけどな……陛下の話は前半はともかく、後半……姫さんが陛下を追《お》っい詰めてからは、ほっとんどアウトだ」

「どうして？」

「この書庫では近づいたらすぐ気配でバレるだろう。だから声の聞こえる範囲に潜むことができなかった。それに、陛下の貧乏《びんぼう》ゆすりというか足踏み鳴らす音がすごく耳障《みみざわ》りで、あんまり聴《き》こえなかったんだよ。耳の奥がまだガンガンしてやがる」

「……そう」

良かった、と思った。フィル＝リンがどんなに信頼できる人間であったとしても、王家の秘事《ひじ》が他者の耳に入るのはあまりよくない。

これまで真実だと思っていたことが、実はまったく正反対の意味を持つこと。隠されてきた最初の王妃の名……それから、私の出生の秘密……そんなことは誰も知らなくていいのだ。

「目に見えることだけが真実ではない、か……」

私はあちらで読んだ本の中の心優しい王子様の言葉を思い出す。

確かにその通りだった。

「何の話をしてた？　……最後、何か和解みたいなことになってたのはわかってる。でも、ひどいこと、言われたりしたんだろう？」

フィル＝リンは……王太子殿下は、陛下の私に対する感情が愛憎半《あいぞうなか》ばすることを承知していたのだ。だからこそ、こんな風に心配をする。

「ううん。大丈夫。私、結構強いから」

私はにこっと笑ってみせる。

愛想笑《あいそわら》いといえど、この顔で笑うのはとても有効なのだ。

多少なりとも『私』を知るフィル＝リンでさえ、頬《ほお》が緩《ゆる》むくらいに。

そして思う。

（陛下は、やはり陛下なのだ……）

フィル＝リンのこっそり潜んでいた努力は、無駄なものだったらしい。

（気付いていたんだ……）

だからこそその貧乏ゆすりや足踏みだった。

せめてもの情けで、私はそれをフィル＝リンに言わないことにした。


「で、これからどうすんだ？　姫さん」

「……とりあえず西宮《にしのみや》に……王太子妃宮《わたしのみや》に戻ります。それで、私は熱をだしたことにしてください。元々、風邪《かぜ》をひいたことになっているのだから問題ないはずです」

「何するんだよ」

「寝るんですよ。何だかすごく眠くなりました。……一睡《いっすい》もしていないんですよ」

難しい話はもう終わりだ。

戻ったら鞄の中にまだ残っているチーズマフィンと固焼きチーズケーキを食べて、水筒の残りのお茶を飲んで、ベッドにもぐりこもう。

フィル＝リンが胡散《うさん》くさげな表情で私を見る。

「なあ、俺はいいけどよ、ナディルには話してやってくれよ」

「え？」

「陛下との話」

「どうしてです？」

どこまで殿下に話していいか、ちょっとまだよくわからない。

あまりにも情報量が多すぎて、何か飽和《ほうわ》しちゃっているとこがあるから。

「どうしてって……姫さん、あんた、ナディルの嫁《よめ》なんだから！」

フィル＝リンは深いため息をつく。

「わかってますよ。私、殿下、大好きですもん」

私は笑う。何か悋気《のろけ》てるっぽいかなぁと思ったけれど、いいんだ。惚気でも！

「ちょっと待て。なんで俺に言うんだよ。ナディルに直接言ってくれよ」

「殿下には恥《は》ずかしくて言えません」

だって、本人になんて言えるわけないじゃないですか。

すっごくテレます。

「なあ、あんたやっぱ、俺のこと嫌いだろ！」

「別にそんなことありませんよ」

「俺、絶対ナディルに殺されるだろ、これ」

「言わなければいいんですよ」

多少の秘密があったほうがスリリングでいいですよ、と言ったら、そんなもんいらねぇと言い返された。

そして、この夜が、私が陛下と言葉を交わした最後となった。

エピローグ

目を閉じて、数える。


私の好きなもの。

甘酸《あまず》っぱい大粒《おおつぶ》のイチゴとほんのり甘《あま》くてコクのあるクリームをつかったふわふわショートケーキ。もちろん、スポンジはキメが細かくてふわふわなの。

それから、サクサク胡桃《くるみ》の歯触《はざわ》りと香《こう》ばしさを生かし、濃厚《のうこう》なチョコクリームを贅沢《ぜいたく》に使ったロールケーキもいい。生地《きじ》にももちろんチョコはたっぷり練りこむの。ちょっぴりビターなほうが絶対にお薦めだ。クリームにちょっとだけ刻んだオレンジピールを入れると大人の味になる。

チョコレート大好き！　ダーディニアにはチョコレートがないらしいことが、目下《もっか》の悩み。

それから、季節の果物をほんのり甘いコンフィチュールにして、コクのある生クリームと卵にほんのりバニラが香《かお》るカスタードクリームを使ったフルーツパイもいい。さくさくのパイ生地にはバターがたっぷりだけど、さっぱりしてるの。フルーツ類を使ったパイやタルトは私の大得意だ。

ああ、口にいれたらふわーっと溶《と》けるチーズスフレも捨てがたい。出来たてを食べれば、そのおいしさに涙が出る。これはいつか殿下《でんか》に召《め》し上《あ》がっていただきたい。きっと殿下もお好きな味だから。

もちろん、お菓子《かし》だけじゃない。

よーく味のしみたおでんだって大好き。あ、絶対に辛子《からし》は添《そ》えて！　柚子胡椒《ゆずこしょう》もたまにはいい。好きなタネは大根とタコだ。

それから、脂《あぶら》ののった焼きたてのアジの干物《ひもの》！　これに白いごはんとお味噌汁《みそしる》と糠漬《ぬかづ》けは至高《しこう》の組み合わせ。

胡椒とニンニクをいっぱいきかせたマグロのテールステーキも最高！　これにキンッキンに冷えたビールなんてもう天上の至福だと思う！

熱燗《あつかん》だって嫌《きら》いじゃない。自家製のイカの塩辛《しおから》をつまみながらちびちび飲むのが最高の贅沢。もちろん、これは真冬の寒いときね。

仕事も大好き。
朝一番の厨房《ちゅうぼう》の空気。
磨《みが》きぬかれた台の上に季節の色とりどりのフルーツを並べたときのその光景。
きれいな焼き色にしあがったアップルパイの匂《にお》い。
明るく光の射した店内の満席の様子。
笑いさざめくその空気に、食べてくれたお客さんの笑顔。
カトラリーの音と心地《ここち》よいおしゃべりの中にちりばめられたおいしいの言葉。

自宅も好きだった。
古くて隙間風《すきまかぜ》があったりしたけれど、それでも住めば都。
自分で気に入った家具や食器を買《か》い揃《そろ》えてつくった自分の巣だった。
ここならば安全なのだとちゃんとわかっていた。
休みの日に、自宅のオーブンで焼くチョコブラウニー。
大家さんにおすそ分けにいって、庭の夏みかんをもらったこともある。

アルバイトのバーも好き。

いつもボサノバかジャズが流れていた。

時々、生演奏をするミュージシャンが来ていた。

先輩《せんぱい》のお店じゃなければ、私一人では足を踏《ふ》み入《い》れないようなおしゃれなお店だった。

先輩のダンナさんも、先輩も、バイトの八巻《やまき》くんも、お客さんも、みんな優しい人達だった。

たぶん、みんなそれぞれいろんな事情があって、自分のことでいっぱいだったりもしたのに、誰《だれ》かが悩みを口にしたら、みんなで真剣《しんけん》に向き合った。

ストーカーに悩まされていた女の子のために、交代で護衛したこともあったっけ。

ここで、お客さんと対面していろいろなおつまみや料理を作ったことはすごく私の力になった。


（好きなものがいっぱいあった）


嫌《いや》なことや辛《つら》いこともいっぱいあったのに、もうあまり思い出せない。

麻耶《まや》の記憶《きおく》は遠く、だんだんと薄《うす》い膜《まく》がかかってるようなそんな感じになってきている。

何だろう、自分のことのはずなのに、動画か何かで見ている感じ。

でも、そのことが私には嬉《うれ》しい。

アルティリエであり、麻耶である私……アルティリエの記憶はほとんど思い出さないけれど、私は自分がアルティリエであることを疑ったことはない。

どちらでもあり、どちらでもない今の私を、私は大切にしようと思う。

（大切に生きるのだ）

生きること。

何かを成《な》すことなんかできなくてもいい。

私は、この世界のこの国……ダーディニアで生きていく。

（たぶんそれが、アルティリエの願い）

私がなぜここにいるのか……それは、アルティリエが生まれかわって生きることを願ったからだと思うのだ。

（……あの冬の湖で）

コンコン、という軽《かろ》やかなノックの音とともに声がかけられる。

「妃殿下《ひでんか》、殿下のおなりにございます」

扉《とびら》が開かれた。

別に寝転《ねころ》がっているわけではないから、いつ開けられても困らないけれど、ちょっと目を見張った。

「……どうして？」

思わず、聞き返してしまった。

今日の予定にそんなことはなかったはずだ。

「妻に会いに来るのに理由が必要か？」

目の前に、私の夫たるナディル・エセルバート＝ディア＝ディール＝ヴェラ＝ダーディエ殿下の姿があった。

相変わらず絶好調の冷ややかさだった。表情がとても険しい。

執務室《しつむしつ》からそのままいらしたのだろう。服装が外向きのものだ。

ぶるり、とミレディと新人の侍女見習《じじょ》いの子が身体《からだ》を震《ふる》わせている。

最近の殿下は、その声と眼差《まなざ》しで気温を下げると噂《うわさ》されているのだけれど、この様子を見るとそれも納得できるから不思議だ。

陛下がお亡《な》くなりになって、殿下はお変わりになったと誰もが言う。

これまでの誰にでもお優しい殿下はもうどこにもいない。

(最初から、そんな人いなかったのだけれど)

今の方がずっと、素の殿下に近いと思う。

「はい」

私は殿下が会いに来てくれたことが嬉しくて、でも、深くうなづく。

「妻なのにか！」

殿下が、目をぱちぱちとしばたたかせた。

私の返しは、どうやら想定外だったらしい。

「妻だからです」

私は笑う。

「ちゃんと会いたかったからって言ってくれませんと」

殿下はきょとんとし、それから、釣《つ》られたように笑った。

「そうか、ちゃんと言わなければダメか」

「はい。言ってくださったら、私、もっと嬉しくなれます」

私は、はにかんだ笑《え》みで殿下を見上げた。

立ち上がっても、身長差はまだまったく縮まっていない。

殿下は困ったように笑って、それから私の前で膝《ひざ》をつく。

「……会いたかった、ルティア」

そっと、まるで宝物を扱《あつか》うように大切に抱きしめられた。

殿下の香水《こうすい》なのだろうか……柑橘系《かんきつけい》の香りがふわりと周囲に広がる。

この腕の中にいれば何があっても大丈夫《だいじょうぶ》なのだと思える安心感が、私の中に生まれた。

「私もお会いしたかったです、殿下」

自然と会いたかった、という言葉が口をついて出る。

お世辞とか、計算とかそういうものではなく、ただ、それだけの想いでいっぱいになってしまう。

びくっと殿下の肩《かた》が揺《ゆ》れた。

あれ？　何かまずった？

「……どうかしましたか？」

「……不公平だ」

「はい？」

「そこは、名前で呼ぶところだろう」

殿下は大真面目だった。

「わかりました」

私はちょっと笑いたい、と思いながらも、そこで笑いをこらえる。

だって、ここで笑ったら絶対に面倒《めんどう》くさいことになる。

それから、小さく深呼吸をして、その名を呼ぶ。

「…………ナディルさま」

私だけが呼ぶことを許されている名を、唇《くちびる》にのせる。

大切な名を、大切に呼ぶ。

それは、とても幸せなことなのだと、私は知る。

「もう一度」

「はい」

私は素直《すなお》にうなづいた。

「ナディルさま」

何度呼んでも、それは慣れることがなく。

呼ぶたびに幸せがこみあげる。

「うん」

ナディル殿下は、満足そうに笑った。

それを見た新人の侍女の子がぽーっとのぼせたような表情をしている。

仕方がないですよね。殿下はステキだもの。

そこは、私は寛大《かんだい》なのです。だって、妻ですもの。

ぽーっとしていたり、きゃあきゃあ騒《さわ》いでいたりしても何も言いません。

いちいちそんなことに目くじらたてていたら神経がもたないですし、ナディル殿下が私を大切にしてくださっているという自覚がありますから。

それに、殿下がすっごくモテるのはわかっています。

（シンデレラなら……おとぎ話のお姫さまと王子さまなら、ここで二人は幸せに暮らしました、で幕がひかれるところだわ）

殿下の笑みが私に向けられることが嬉しくて、それがとても幸せで胸がいっぱいになる。

おとぎ話ならば、ここで終わって最高のエンディングになるところ。

(でも、私は物語のお姫《シンデレラ》さまではないから……)

そう、言うならば、『なんちゃってシンデレラ』というところ。

だから、エンディングはない。


殿下とお茶の時間を過ごすことはもう当たり前になっている。

(でも、その当たり前が大事なの)

そして、こうして二人で過ごす時間は当たり前だけど特別だった。

「……スコーン、もう一ついかがですか?」

「いただこうか」

殿下はシンプルな焼《や》き菓子《がし》がお好きだ。特にナッツ類が入っているものをお好みになっているように思う。

(まあ、好き嫌いはほとんどおっしゃらないのだけれど)

王族や大貴族の子供というのは、好みを口に出さないように育てられる。それは、彼らの影響力《えいきょうりょく》がとても強いからだ。

（かつての私の好みが、この国の牧場や養蜂場《ようほうじょう》をとても潤《うるお》したように）

「……陛下《へいか》も、このくるみとローストアーモンドのスコーンをお気に召《め》していらっしゃいました」

ふと、思い出した。

「……父が？」

「はい」

あの特別な夜……この先もきっと何度も思い出すあの夜の、二人だけのお茶の時間を私は一生忘れないだろう。

「……ナディルさまは、陛下をお嫌いでした？」

「……好きとか嫌い、という次元にはなかったように思う」

少し考えながら、殿下は慎重《しんちょう》に答えた。

「正直なことを言えば、私は父親というものがよくわからない。……あの方は、最初は母の伴侶《はんりょ》であり、のちに国王であるという認識《にんしき》になった。だから、それ以上でも、それ以下でもない」

「……陛下は、ナディル殿下をお嫌いだったかもしれません。嫌いで、でも本当は好きで、自慢《じまん》にしていらっしゃいました」

「自慢に？　まさか」

「私がそう感じただけなのかもしれません。……でも、ナディルさまのことを口にする陛下の口調が、どこか自慢《じまん》げだったのです」

殿下はものすごく奇妙《きみよう》な表情をして、それから、無言でスコーンをもう一つ皿にとった。

「……あの人が、そんな風に思ってくれていたのだとしたら、少しだけ嬉しいように思う」

「ナディルさま、そこは素直に嬉しいとおっしゃるだけでいいと思いますけど」

最近、お茶の時間はソファの席を利用することが多いせいで、私たちの距離は驚くほど近い。

(というか、膝抱《ひざだ》っこされてお茶することが多いような……)

これも餌付《えづ》け作戦成功の証《あかし》の一つだろう。成功というよりは、嬉しい弊害《へいがい》というか、ちょっとズレている気がしないでもないけれど。

「……そこで素直に言えるほど割り切れているわけではないのだ」

(まあ、そうだよね)

殿下は、ティーカップに口をつけて目を細めた。

「……君にとって、父はどういう人間だった？」

「どういう、と言いますと？」

「伯父《おじ》として……あるいは、義父《ぎふ》としてでもいいが、どういう人だった？」

「……優しい方だった、と思います」

ただそれだけの方ではなかったし、何よりも、陛下は『私』がここにいる最大の原因だ。

一言で言い切ることのできない、いろいろな思いがある。

でも、やはり『優しい方だった』のだと、覚えておきたい。

私達は無言でお茶を飲んだ。

互いに亡《な》き人の思い出を心の中で辿《たど》っていることがわかっていて、同じ哀《かな》しみを共有していた。

陛下は私達にいろいろなものを残した。

これから、私達はそれと向き合っていかねばならない。

でも、私達は私達で、お互いに一人ではなかった。

その事実が、私の心を強くしてくれる。


「……今日は一緒《いっしょ》に夕食をとれないかと思ったのだ」

ぽつりと殿下が呟《つぶや》いた。その珍《めずら》しいお誘《さそ》いに思わず笑みがこぼれる。

「……まあ、嬉しいです」

「まだ服喪《ふくも》期間中だから、たいしたものは出ないが……」

「ナディルさまと夕食がいただけるだけで充分《じゅうぶん》です」

現在、王宮だけでなく国全体が、半年前に薨去《こうきょ》なさった国王陛下の服喪期間中である。陛下がお亡くなりになったので、建国記念日をはじめ、戦勝記念関係のさまざまな行事も中止となった。

ダーディニアは現在、国をあげて陛下を悼《いた》んでいるのだ。

服喪期間中の食事は、いろいろと慎《つつし》んだものとなる。

殿下は、元が軍の携帯糧食《けいたいりょうしょく》で構わない方なので、何を出されても文句はないのだろうが、私のことを気遣《きづか》ってくれる。

私も、もちろん服喪期間なので保存食以外の肉、魚類を使った食事はしていない。

ただ、私の宮の方がレパートリーが豊富なので、本宮の料理長が作ったものよりも殿下のお気に召すものが多い。

（餌付け計画も、もう第三段階だし）

朝食は一緒！　をほぼ毎日実践《じっせん》しているだけではない。今は昼や夜も可能な限り共にできるように頑張《がんば》っているし、更《さら》には殿下の味覚も改革中だ。

これまでも忙しかったけれど、最近は輪をかけて忙しい様子なのが心配だった。

陛下がお亡くなりになったことで、これまで陛下のされてきた仕事も回ってきた。社交がお好きではない殿下にとって、わりとこれは苦痛なお仕事なのだと聞く。

それからこの本宮への引《ひ》っ越《こ》しや、エサルカルのクーデター事件の後始末。戦《いくさ》には勝利したもののそれでも犠牲《ぎせい》はゼロではなく、関連した出兵の後始末、賠償交渉《ばいしょうこうしょう》、捕虜《ほりょ》の取《と》り扱《あつか》いについて……数えあげればキリがない。仕事が後から後から湧《わ》いてくる状態らしい。

フィル＝リンも、見るたびに真っ青な顔をしてる。殿下はいつも平然としているけれど。

「嬉しいことを言ってくれるのだね、ルティア」

殿下はそっと私の髪《かみ》を撫《な》でる。優しい手つきがくすぐったくて、嬉しくてじたばたしたくなった。

うん。挙動不審《きょどうふしん》な言動はしないように心がけています。

私、ナディルさまの妃《きさき》ですから。

「あー、殿下、そろそろ執務室に戻ってくれませんかねぇ」

私達のお茶の時間を邪魔《じゃま》する人間はあまりいない。

あまりいないだけでゼロではなく、その邪魔をする数少ない一人がフィル＝リンだ。

フィル＝リンはものすっごく渋《しぶ》い顔をしていた。

「フィル＝リン、久しぶりですね」

実は、フィル＝リンは書類上はまだ私の宮の家令《かれい》見習いだ。でも実際には、私が王太子妃宮を出て後宮《こうきゅう》に引っ越すにあたり、殿下の許《もと》にもどっている。

「ええ。姫さんもお元気そうで」

「はい。ナディルさまのおかげです」

「……なあ、その二言目には惚気《のろけ》るのってクセ？　もうクセになってんの？」

「はい？」

半眼でこっちをしらっと見ているフィルに首を傾《かし》げる。

「いいじゃないか、可愛《かわい》くて。……私は嬉しいよ、ルティア」

「ありがとうございます？」

意味がわからないけれど、殿下がにこっとしてくれたので、私もにこっと笑う。ただそれだけで心の中がふんわりと温かくなるから、殿下はすごい。

「あのさ、砂吐《すなは》きそうなんですけど！　どうしてあんた達そうなんだよ！　寄ると触《さわ》ると、甘ったるい空気垂れ流しやがって!!」

フィル＝リンがよくわからない逆切れをおこしていて、私と殿下は何がなんだかわからなくて顔を見合わせた。

「……アルトハイデルエグザニディウム伯爵公子《はくしやくこうし》？」

そして、目の前のフィル＝リンにひんやりとした声がつきささる。

それはまさに氷姫の吐息《といき》のごとき、凍《こお》りついた声が。

「あえっ？」

「アルトハイデルエグザニディウム伯爵公子。私、何度も申し上げましたよね？　殿下や妃殿下がお気になさらないからってそんな乱暴な言葉遣《ことばづか》いをするのはおやめくださいと」

ユーリア妃殿下の元にご機嫌《きげん》伺いに行ってもらっていたリリアだった。

思わず、三歩くらい後ろに下がってしまいそうな圧力を感じるのだけれど、顔だけはにこにこと笑っている。

王宮というところは不思議で、相手が笑顔であればあるほどに注意を要する。

「あ、え、その……」

「何度申し上げればわかっていただけるのです？」

「あー、申し訳ない。ラナ＝ハートレー」

二度としません、と言わないのは、フィル＝リンの誠実さだ。

たぶん、本人にもそれは断言できないのだ。

「謝る相手を間違《まち》《が》えています」

「申し訳ございません殿下、ならびに妃殿下」

「うん」

「はい」

私達はその言葉を受け取ったというようにうなづく。

「殿下、殿下もお悪いです。この言葉遣いを野放しにしておくなんて！」

「ああ……すまない。何だか昔のままのようで嬉しくて、つい、そのままにしてしまうのだ」

「そう言うのは、お身内だけのときにしてくださいませ」

「わかった」

きりっとした表情で堂々と述べるリリアに、殿下ははっきりとうなづく。

どこか面白《おもしろ》がる様子なのは、もう殿下にこんな風に話す人がほとんどいないからだ。

あと二週間で国王陛下の仮喪の期間が終わる。そして、仮喪が明けたら建国祭《けんこくさい》と戴冠式《たいかんしき》だ。

殿下は正式に国王陛下となられる。

(でも、きっと、フィルは次回も同じことで怒《おこ》られる)

そして、きっとリリアはまた同じようにフィル＝リンをやりこめるだろう……場合によっては殿下に意見もするのだ。

(ナディルさまが、それを楽しんでおられるから)

私は、殿下の笑っている横顔を見ながら、自分も笑っていることに気付く。そのことがとても幸せで、気付いてまた笑みを重ねてしまう。

(……すべてに感謝したい)

あちらの世界の、私を形づくっていたそのすべて。

そして、こちらの世界の、私を育んでくれたすべてに。

(私は、ここで生きていくから)

心の中で、先ほど数えていたあちらの思い出に別れを告げる。

（ここで、幸せになるから）

忘れてしまうわけではないけれど、でもきっと、それはだんだんと遠くなるだろう。

「ルティア」

なんだろう？　殿下の声が、いつもよりちょっとだけ険《けわ》しい響《ひび》きを帯《お》びているように思えた。

「はい」

私は姿勢を正して、殿下を見上げる。

「いや、こういうことはちゃんとするべきだな」

殿下は、腕の中の私をそっと床《ゆか》に下ろした。

それから、私の前に膝をつく。

「ナディルさま？」

いったい何事なのか。膝をついた殿下は、私の右手をとり、その手に額をつけた。

「アルティリエ・ルティアーヌ＝ディア＝ディス＝エルゼヴェルト＝ダーディエ」

「はい」

「このナディル・エセルバート＝ディア＝ディール＝ヴェラ＝ダーディエの妻になってい

ただけますか」

それは、正式な求婚《きゅうこん》の言葉であり、作法だった。

既《すで》に私達の婚姻《こんいん》は結ばれているから、矛盾《むじゅん》があるのはわかっている。

でも、これは殿下が、殿下の意志で口にしてくださったのだ。

そのことが嬉しい。

「はい」

嬉しくて、嬉しくて、涙がこぼれる。

「ナディル・エセルバート＝ディア＝ディール＝ヴェラ＝ダーディエは、我《わ》が剣《けん》と我が魂《たましい》に懸《か》け、貴女《あなた》だけを愛し、貴女だけを守り抜くことをここに誓約《せいやく》す」

そう言って、殿下がそっと私の手に口付けた。

聖職者の立ち会いのない簡易なものであったけれど、これで誓約は成る。

次の瞬間《しゅんかん》、わっと歓声《かんせい》があがった。

「おめでとうございます、妃殿下」

「ありがとう」

「妃殿下、うらやましいですーあんなステキな求婚をしてもらえるなんてー」

おとぎ話の中みたいな求婚だった。

女の子が夢見るそのものみたいな。

「しかも、殿下に！」

「殿下かっこいいですー」

「妃殿下、おめでとうございます」

「お祝いを申し上げます、妃殿下」

「ありがとう」

侍女達や護衛の騎士《きし》達からも祝福の声がかかる。

「……なあ、何で今更《いまさら》なことやってんの。……殿下」

「いや、ルティアの好きな本を読んで研究したのだ。私達は既に結婚して十二年になるわけだが、こういうことはちゃんとしなければならないだろう。何しろ、私達は年齢差があるし、生活範囲《はんい》もまるで違う。そんな相手に気持ちを察《さっ》せよ、というのは無理な話だ。それに、いつも素直な心のままに私を大切にしてくれているルティアに、私もちゃんと返さねばなるまい」

私ばかりがもらう一方では続かないだろう、と殿下が笑う。それは、心の底からの笑みで、それがわかる自分をちょっと誇《ほこ》らしく思う。

「ナディルさま」

「何だい？」

殿下はいつも私と目線の高さを合わせるために膝をついてくれる。

「私は、ナディルさまの隣《となり》に立ちます。いつも一緒です」

「うん」

「…………大好きです」

愛してる、とは言えなくて、ただ大好きだと告げる。

それが私の精一杯《せいいっぱい》だった。

耳元がすごく熱い。きっと真っ赤になっているだろう。

おかしい、三十三年の人生経験値はどこに行った！　と心の中で突っ込むほど。

「うわ、あざとい、姫さん、あざとすぎる！」

フィル＝リンが真面目くさった顔でわけのわからないことを呟いて、殿下が口元をおさえてうつむいた。

「その表情は、反則だ」

反則？　何が？

「……ナディルさま？」

返される言葉はなくて、私はその力強い腕にぎゅうっと抱きしめられた。


「なんちゃってシンデレラ、はじめました。」完

あとがき

はじめましての方も、二度目、三度目の方も、この本を手に取っていただいてありがとうございます。

ネットの海の隅《すみ》っこで細々と物語を紡いでいる汐邑雛《しおむらひな》と申します。

この三冊目の本で、『なんちゃってシンデレラ 王宮陰謀編《おうきゅういんぼうへん》』が完結しました。皆様の応援をいただき、ラストまでたどり着けたことを厚く御礼《おんれい》申し上げます。

世知辛《せちがら》い話ではありますが、当初、この三巻まで出るかどうかはわかっていませんでした。幸い、皆さまのおかげでこうして三巻を出すことができ、無事に完結できたことにほっとしています。

これまでの三冊分の原稿のゲラを重ねると驚きの分厚さになっていて、自分でもびっくりしました。たぶん、実際の文庫本を重ねても同じように分厚くなると思われます。

この三冊の間に変化していったアルティリエとナディル殿下《でんか》の距離と二人の物語を楽し

んでいただけていたら嬉しく思います。

そして、皆さんが読んでくださったおかげで、なんちゃってシンデレラは、コミカライズという新展開を迎えることになりました。表紙・本文イラストを担当してくださっている武村《たけむら》先生が担当してくださいます。

原作者特権《とっけん》で初回のネームを拝見しましたが、すっごく可愛《かわい》くて、今からとても楽しみにしています。今後のお知らせは公式WEB等で発表があるかと思いますので、目にしたら「おっ、これか！」と思っていただけると嬉しいです。

最後に、刊行にあたりお世話になった皆様に、重ねて御礼を申し上げます。

可愛いアルティリエとカッコいい殿下を描いて下さる武村先生、いつもありがとうございます。コミカライズのほうもよろしくお願いいたします。

また、いつも鋭《するど》くチェックをいれてくださる担当様、校正様、毎度ありがとうございます。何度お礼を申し上げても足りない気がしています。

そして、本作を読んでくださった皆様、本当にありがとうございます。

それではまた、秋にスタートする新章でお会いできることを祈っております。

汐邑　雛

こんにちは！イラストを担当致しました武村ゆみこです。
実はオリジナル小説の挿絵のお仕事はほぼ初めてでしたので、
とにかく緊張と不安でいっぱいになりながら、
「なんちゃってシンデレラ」3巻目まで描かせて頂くことができました。
夕邑雛先生、担当編集の方々、そして読者の方々、本当にありがとうございました！

そして「なんちゃってシンデレラ」のコミカライズの
漫画も担当させて頂くことになりました…！お声がけ頂いて本当に光栄です。
商業漫画という未知の分野にまた緊張と不安に襲われながら、
本作品の世界観を漫画に落とし込めたらと思います。

今後もアルティリエとナディル様と美味しいお菓子たちを
どうぞよろしくお願い致します(‾▽‾)

■ご意見、ご感想をお寄せください。
《ファンレターの宛先》
〒102-8078 東京都千代田区富士見 1-8-19
株式会社KADOKAWA ビーズログ文庫編集部
汐邑雛 先生・武村ゆみこ 先生

ビーズログ文庫

■本書の内容・不良交換についてのお問い合わせ。
エンターブレイン カスタマーサポート
電　話：0570-060-555
（土日祝日を除く 12:00〜17:00）
メール：support@ml.enterbrain.co.jp
（書籍名をご明記ください）

◆アンケートはこちら◆
https://ebssl.jp/bslog/bunko/enq/

し-7-03

なんちゃってシンデレラ 王《おう》宮《きゅう》陰《いん》謀《ぼう》編《へん》

なんちゃってシンデレラ、はじめました。

汐《しお》邑《むら》雛《ひな》

2017年4月15日 初刷発行

発行人　三坂泰二
発行　株式会社 KADOKAWA
〒102-8177 東京都千代田区富士見 2-13-3
（ナビダイヤル）0570-060-555
（URL）http://www.kadokawa.co.jp/
デザイン　島田絵里子
印刷所　凸版印刷株式会社

ISBN978-4-04-734561-4 C0193

定価はカバーに表示してあります。

なんちゃって
シンデレラ
王宮陰謀編
B's-LOG COMICにて
コミカライズ
スタート!
詳細は公式サイト▶http://bslogcomic.com/まで
作画はなんと、武村ゆみこ先生!!
さらに
2017年秋ごろ
第2章
【王都迷宮編】も
刊行決定!!
転生幼妻の
活躍から
目が離せない!!